漆黒の慕情

芦花公園

角川ホラー文庫
23065

目次

第一章　見られている　5
第二章　見える　63
第三章　見たくない　115
第四章　見ない　189
第五章　見る　265
終　章　見えなかった　305

主な登場人物

片山《かたやま》敏彦《としひこ》　絶世の美青年。存在するだけで注目を集めてしまう。「松野塾《まつの》」の講師。

佐山《さやま》祐樹《ゆうき》　敏彦の同僚で、現代文の担当講師。誰からも好かれる好青年。

春川《はるかわ》翠《みどり》　敏彦の先輩で、英語の担当講師。ちょっと気の強い美女。

川原《かわはら》きらら　「松野塾」の事務員。敏彦の元交際相手。

横沢《よこざわ》七菜香《ななか》　ポーリク青葉《あおば》教会に通う少女。学校で流行《はや》る奇妙な話を青山に相談する。

佐々木《ささき》るみ　34歳。心霊案件を扱う佐々木事務所の所長。中性的な風貌《ふうぼう》。

青山《あおやま》幸喜《こうき》　27歳。るみの助手。気立ての良い常識人で、るみにはいつも振り回されている。

物部《もののべ》　四国に住む拝み屋の青年。

第一章　見られている

1

少し古びた五階建てのビル。高さはそんなにないけど、横に広い。

前に何台も車や自転車が停まっている。お母さんたちが、時計を見ながらうろうろと歩き回っている。

しばらくすると中から子供たちが出てくる。笑顔だったり、悲しそうにうつむいていたりする。お母さんたちは子供たちのもとに駆け寄って行って、なにか話している。微笑んでいる人もいれば、叱りつけている人もいる。でもどのお母さんも、子供のことを一番に考えているのが分かる。優しい目をしているから。

ねえママ、私とママにはこんなとき、なかったよね。女の子は、勉強なんてできなくてもいい、って言ってたもんね。

ほんとは私もこういうの、やりたかったよ。

ママのことを考えているうちに、子供たちはいなくなっていた。

私は気を引き締める。

あの人ともう少しで会えるからだ。私、変じゃないかな。

一応、美容院には一か月に一回通ってるし、そこで買ったトリートメントも使ってる。マキシ丈のワンピースはプリーツが入っていて、店員さんにも、お客様、背が高くていらっしゃるからお似合いですよって言われた。今日は香水も使ってみた。ママが、パパとデートするとき——私はそんなところ見たことがないけど——に使ってたっていう、ヨモギみたいな匂いのもの。私はすごくいい匂いだと思ったけど、彼はどうかな。気に入ってくれるかな。

やっぱり女の子は綺麗《きれい》じゃないとダメだってママが言ってた。ママって古いよ、なんて言ったけど、私も実はそう思っている。

結局、女は綺麗じゃないと愛されない。最近はジェンダーとかルッキズムとか、そういうことにうるさい人が増えて、こんなこと言ったら問題になる。でも、そういうのはあくまできれいごとで、そんなきれいごとを掲げたところで現実が変わることはない。美人が嫌いな男の人なんていないし、容姿以外の能力で女性を選ぶと言っている人だって、同じくらいの能力があるブスと美人なら、美人を選ぶに決まっているのだ。

私は深呼吸をして、背筋を伸ばした。

ママが、あなたは考えごとをしているとき額に皺《しわ》が寄っているよ、って言ってた。猿みたいですごくみっともないよって。

せっかく彼と会う日なのに、色々考えたらダメだ。

ほら、彼が出てきた。

どんなに遠くからでもすぐ分かる。

彼は、抜群に美しいからだ。

綺麗な人のことを、「何か非現実的な材料で作ったような」なんて書いてたのは村上《むらかみ》春樹《はるき》だっけ。読んだときは随分気取った言い方をするなあ、なんて思ったけど、彼はまさにそういう感じだ。本当に完璧《かんぺき》に整っていて、でも、人形とか、そういう人工的なものとは違う。超現実的。陳腐な表現に落ち着いてしまうけど、夢のように美しい。

お母さんたちの何人かが、彼を一目見ようと、出待ちをしていることは知っている。これでも減った方だ。塾の公式サイトでお知らせが出たから、少しでも常識的な人は「出待ち」行為をやめたのだ。

私は残った非常識なお母さんたちを冷ややかな目で見つめる。

そんなことしたって彼があなたたちに興味を持つわけがないのに。

だいたい、結婚していて、子供もいて、馬鹿じゃないんだろうか。

自分の選んだ男で我慢しなさいよ。

あわよくば、彼に振り向いてもらおうと思っているに違いない。下品で最低な発想。

彼はそんな女、一番軽蔑《けいべつ》しているはずだ。

私が睨《にら》みつけていると、下品な女どもの一人がこちらを向いた。目が合う。彼女の口からヒッと短く悲鳴が漏れる。そのまま、息子を抱きしめて、彼女は足早に去って行く。

下品な上に失礼な女。

自分の振る舞いを鑑《かんが》みれば、睨みつけられるのも当然なのに、被害者ぶって、私をバケモノでも見るみたいな目で見て。

いけない。ガラス窓に映った自分の顔を見てはっとする。額に皺が寄ってて、猿みたい。

こんな顔で彼に会ってはいけない。

彼の唯一無二のパートナーである私は、彼と同じくらい――は無理でも、彼の横にいて恥ずかしくないくらい、綺麗でなければいけないのだから。

私は有象無象の下品な女たちとは違う。大声を上げてはしゃぎながら彼に近寄ったりなんてしない。

私はそっとつま先で彼の影を踏んだ。

2

「絶世の美女」という言葉はあっても、「絶世の美青年」という言葉はない。

しかし、片山敏彦《かたやまとしひこ》は、まさに「絶世の美青年」と言うほかない容姿をしている。

完璧なまでに整った顔のパーツはもはや「美しい」という表現さえ陳腐に感じるほどだ。

敏彦は自分の美貌《びぼう》についてはおおいに自覚があった。物心がつく頃には、既に挨拶《あいさつ》よりも自分の容姿を称賛する言葉を多く耳にしていたからだ。「敏彦」と「かわいい」という二つの名前が自分にあるのだと思っていたくらいだ。

しかし、自身の美貌を職業にしようと考えたことはなかった。敏彦の容姿は誰の目にも明らかに、どの芸能人よりも美しかった。しかし、敏彦自身は彼らの中に納まる自分をイメージできなかった。そしてそれは客観的に見ても正しかった。彼はどの集団にいても奇妙に浮いていた。敏彦の美貌は誰もが認めるところではあったが、彼がその恩恵を受けたことはあまりなかった。彼はどんなときでも「変わり者」に見えたし、実際にそうだった。

一般社会では働けなかった。かといってコミュニケーションが不得手と言うわけではない。実際、大学卒業後大手証券会社に採用され、「デキる」新入社員として有名だった。しかし、一年も待たずして退職してしまう。誰もそれを不思議に思わなかった。仕事が出来るのにもかかわらず、なぜか敏彦が働くさまは、魚が陸上生活を強いられているような不条理さがあった。

敏彦は就職する前から自分自身のことはよく分かっていたので、さほど落ち込みもしなかった。就職してみたのはやはり自分がまっとうな社会人として生きていくのは無理である、ということを再確認するためだった。

現在の敏彦の仕事は小さな高校受験対策予備校「松野塾《まつの》」の講師だ。正社員ではない。敏彦が塾講師として働くのは生活のためではない。生活なら片手間に行った投資が成功して、少なくとも敏彦一人なら死ぬまで働かなくても暮らせるくらいには潤っている。

敏彦が働くのは、社会性を失わないためだ。

敏彦は、会社勤めや病院勤め――勤務先はどこでもよいが、組織に所属して働くことを「ふつうに働く」ということだと認識している。

「ふつうに働く」ということは敏彦がついぞできなかったことであり、彼はそのことに内心激しいコンプレックスがあった。また、どんなに金銭的な余裕があっても、「ふつうに働」いていない人間は、どこかおかしく、自分にも彼らと同じようにおかしなところがあると思っていた。平気なふりをしていたが、敏彦は自分のおかしさに耐えられなかった。

悲しいことに、塾講師として働いたところで、コンプレックスが解消されることはなかったのだが。

とにかく敏彦は、周囲から浮かないよう、自分なりに努力をしていた。

大好きなオカルト趣味も、また、オカルト趣味よりもっと受け入れられないであろうもう一つの趣味も、職場の人間には知られないようひた隠しにしていた。

その甲斐《かい》あって、敏彦は「変わり者ではあるが異常者ではない」という程度の立ち位置にぎりぎり踏みとどまっていた。

「片山先生、今日このあとなんかあります？」

敏彦の同僚、佐山祐樹《さやまゆうき》が笑顔で話しかけてくる。佐山は、大学卒業後すぐ入社してきた現代文の担当講師で、感じの良い笑顔と軽妙なトークで誰からも好かれる男性だ。横には同じく同僚の春川翠《はるかわみどり》が立っている。翠はすらりと背の高い女性で、英語の担当講師だ。日本人形のような和風の整った顔立ちで、ややとっつきにくい印象はあるが、実は面倒見がよく、敏彦は何度も助けてもらったことがある。

同僚に帰りに誘ってもらえるくらいには馴染《なじ》めているのだ、と嬉《うれ》しくなりながらも、

「ごめん、今日はちょっと体調が悪くて」

「大丈夫ですか？」

佐山は形の良い眉《まゆ》をひそめて言った。

「ていうか、それが心配で声かけたところありますよ、僕らは」

ねえ、と同意を求める佐山に翠がうなずいている。

「片山君は元々透明感の化身って感じだけど、最近はちょっと白すぎて、不健康？　っていうか……そういう感じがするねって、佐山君と話してたの」

「大丈夫ですよ」

二人の表情を見て、ちょっと答えるのが早すぎたかな、と思いながら敏彦は続ける。

「部屋の空調が壊れてて、なんか寝苦しくて。最近蒸し暑いから……」

「直したら？」

「いや、なんか、高いし」

自分でも言い訳じみていると思う。住所からして、空調を直す金がないなどと言っても全く信じてもらえないだろう。しかし、敏彦は、本当に自分を苦しめている原因については、なるべく二人に知られたくなかった。

「そうですか？　原因がはっきりしてるなら安心ですけど……それでも、不眠も舐《な》めてると大変ですから」

佐山は、こちらが追及されたくないことは自然と察してくれるから楽だ。しかし翠はそう簡単ではない。そんなことおかまいなしに距離を詰めてくる。

「なんか隠してない？」

「隠してませんよ」

「本当かなあ」

翠はじっと敏彦の目を見つめた。翠は頼りになる先輩だが、同時に、少しおせっかいでもある。他の人間に対してはこんなことはない。要は、これも美貌のせいだ、と敏彦は思う。翠の自分への好意には、随分前から気付いていた。けれど、その好意を利用したこともあったから、鬱陶《うっとう》しいなどと思ってはいけないのだろう。

「本当に大丈夫ですから。何かあったら相談させてください」

そう言って、顔をやや斜めに傾けて笑みを浮かべる。みるみるうちに翠の瞳《ひとみ》がとろりと蕩《とろ》ける。

翠が名残惜しそうに立ち去るのを見届けてから、敏彦は大きくため息をついた。

まったく、呆《あき》れる。いつも結局は容姿に頼ってしまう女性に。それと、ちょっと微笑んだりすれば、簡単にコントロールできてしまう女性という自分に。いや、違う。性別は関係ない。女性だけではない。誰でもだ。ほとんど誰でも、どうにかできてしまう。

——直接目の前に出てきてくれさえすれば、恐らくこういうふうに、簡単に済むのに

——敏彦は自分を悩ませている原因のことを思った。

敏彦は、今現在、ストーキングに遭っている。

気付いたのは約一か月前だ。

敏彦はその類稀《たぐいまれ》なる美貌のせいで老若男女問わず視線を集めるタイプではあったが、その日のそれは、道行く美しい人に対するものとは違った。べとりとねばつくような視線。振り返ってみても、誰もいない。かなり不快ではあったものの、こういう気持ちの悪い視線を向けられることもまた、初めてではなかったから、その日は家に帰ってシャワーを浴びるとすぐに忘れてしまった。

しかし、次の日から、まるで敏彦が気付くのを待っていたかのように、その視線を頻繁に感じることになった。人がいるときはいいとしても、業務を終えて帰宅するときにこの視線を感じると相当気が滅入《めい》った。刺されてしまったらどうしよう、と思いながら早足で家に駆け込み、帰ってからもずっと嫌な気分は消えなかった。それほどまでに、

その視線は不快で恐ろしいものだった。

もちろん、不快で恐ろしいのは視線だけではない。

敏彦のもとには、手紙が届くようになった。消印はない。自宅のポストに直接投函《とうかん》したものだ。

『今日はグレーのストライプシャツを着ていましたね。あなたの陶器みたいな肌に似合っていて素敵です』

無機質な印刷された明朝体。しかし、あの視線の主だ、と直感的に気付いた。何がどうとは言えないが、全体から漂う粘着質な気配がそっくりだったからだ。

次の手紙は一日開けてから来た。

『なんで返事をくれないのかなあ。あと、女性が他人を褒めるときは、自分も褒めてほしいっていう合図なんだよ。そんなこと、敏彦くんは分かってるはずなのに、なんで褒めてくれないのかなあ？　もしかして、私って褒めるところないような女なのかな……不安です』

急に距離の近い友達同士のような文体になったのには驚いたが、敏彦はまたもこの手紙を放置した。恐ろしく気持ちが悪いが、文章に攻撃性がないため、騒ぎ立てるようなことでもないと判断したのだ。

今では、この考えは完全に甘かったと分かる。

『いい加減にしてください。何を怒っているの？　私が指輪をしていること？　でも、結婚している証《あかし》が欲しいと言ったのは敏彦だよね』

封筒に、手紙とともにサンリオキャラクターの描いてあるフォトフレームが入っていた。どこで撮られたのか、カメラに目線の向いていない敏彦の写真に、べったりと茶色いシミがついている。キャラクターの吹き出しに「ずっと一緒だよ」と書いてあることに気が付き、敏彦は眩暈《めまい》がした。見知らぬ女から（実を言うと男からもある）おかしな妄想をぶつけられることは初めてではなかったが、「最初から完全におかしい」か「段階を経てゆっくりおかしくなっていく」かの二通りで、比較的落ち着いたところから、異常性が急加速する例は初めてだった。

そして、この手紙を境に、視線の主の異常性は全く衰えることなく加速していった。

『今日は敏彦の好きなグラタンを作りました。ベシャメルソースの隠し味はお味噌《みそ》です！　分かったかな？　分からないの？』

『今日は生徒さんの質問に答えているのを見たよ。敏彦、ずいぶん嬉しそうだった。どうして？　普段あんな顔しないじゃないの』

『中村美鈴《なかむらみれい》さん、きれいな子だね。でも、まだ子供じゃないの。浮気はある程度、許すけど、さすがに子供に手を出したら離婚です』

『離婚になってもいいの？』

『離婚になったらそのガキもお前のババアも殺す』

『ごめんね、言いすぎました。嫌いにならないで。でも、これは私があなたを心底愛しているっていう証なんです。嫌いになるなんてことはないと思うけど』

どれにも返信などしていないのに、一方的に会話が進んでいく。激しさに差はあれど、すべての手紙の共通項は、敏彦のことを自分の夫だと思い込んでいる点だ。

『敏彦、あなたの顔は最高だけど、責任感はないと思う。冗談よ。ちょっと本当だけど。結婚しているのに家に帰ってこないのはおかしいと思うの。誰だっておかしいと思うんじゃないかな。早く帰ってきてほしい。これ以上帰ってこないと、私**何するか分からないよ**』

『何するか分からないよ』だけ太字になった手紙――しかも、ワードの機能で太字にしたわけではなく、印刷された字の上から直接ボールペンで太く塗ったような痕跡《こんせき》がある――は恐ろしくはあったが、また前回のように『言いすぎました』などというフォローが後から来るのではないかと敏彦は思っていた。甘かった。

その日は雨の日だった。雨と言うよりも、暴風雨と言った方が正しい。夕方から夜にかけて大荒れになるという予報を受けて、生徒を早めに帰らせることになった。生徒が教室に残っていないか確認してから、敏彦も帰り支度をする。玄関に降りて、傘を手に取った時だった。

「トシ君先生、やっほー」

中村美鈴が傘立てに腰かけていた。

美鈴は所謂《いわゆる》ギャルっぽい中学二年生の生徒だ。成績も下位で、授業態度も良くない。松野塾に通っているのは友人から「ものすごいイケメンがいる」と聞いたから、と公言している。そして、それは他ならぬ敏彦のことだ。

美鈴の保護者としては動機が何であれ通っていること自体が嬉《うれ》しいらしい。それは松野塾としても同じで、いかに勉強にやる気がなくても、生徒が在籍してくれているだけでありがたい。その分月謝が貰《もら》えるからだ。

敏彦にとって、相手が中学生でなくとも、自分に好意を向けてくる人間は非常に煩わしいのだが、どうか邪険にあしらわないでくれ、と松野塾から懇願されてしまったので、仕方なく愛想よく接している。

「中村さん、まだ帰ってないの？　あと、トシ君じゃなくて片山先生ね」

「だって、トシ君先生と帰りたかったんだもーん」

敏彦はため息をつきながら美鈴を見る。

確かに美鈴はそこそこかわいらしい顔立ちをしている。中学生だとそこまで身なりに気を遣っている女子も少ないだろうから、さぞかし同世代にちやほやされていることだろう。しかし、それは今この瞬間だけの話で、皆が化粧を覚えれば、どこにでもいる、十把《じっぱ》一絡《ひとから》げの可愛さに成り下がる。それに、年を取れば取るだけ、容姿以外を重要視する価値観がメインになってくる。敏彦は現在三十一歳だが、これくらいの年齢になると、他人を見た目だけでジャッジしている人間は馬鹿にされる。

こういう、自分の可愛さに絶対的な自信を持っている子供——そう、敏彦にすれば、中学生も幼稚園児も変わらない。子供だ。そういう子供が毎年現れるのは不思議なことだった。子供の自分を相手にするような大人は、まともではない、ということくらい分からないものだろうか。

美鈴は薄茶色のカラコンが入った瞳《ひとみ》でこちらを見上げている。何かを期待しているような目。敏彦はふたたびため息をついた。

「じゃあ、バス停まで送ってくから、さっさと帰って。雨、どんどんひどくなるみたいだし」

「えーっ！　車で送ってくれないの？」

「そんなことするわけないだろ。それに、俺は電車通勤だから」

美鈴は散々幼稚な不平不満を漏らした後、諦《あきら》めたように立ち上がった。

「ま、いっか。トシ君先生と歩けるし」

抗議するのも面倒くさい、と思いながらも、からめてくる腕はきっぱりと振り払って、松野塾を後にする。

雨足は既にかなり強くなっていて、普段なら日が落ちていない時間なのに、あたりはもう真っ暗だった。

美鈴の使うバス停は電車の駅とは反対方向で、一度歩道橋を渡る必要がある。美鈴は軽やかに階段を駆け上がり、はやくはやく、とはじけるような笑顔を見せた。敏彦にはもうあんなに速く階段を上る体力はない。息を切らせながらやっとのことで上りきると、美鈴が立っていた。上に高速道路が通っているため、そこだけ雨粒が遮られている。彼女は恐らく、妖艶《ようえん》に微笑んでいるつもりなのだろうが、作り物のような安っぽさがある。

「ね、ね、トシ君、真面目な話してもいい？」

「いいけど……」

内心面倒とは思いつつも、無下にはできない。敏彦は傘を閉じて、美鈴の横に立った。

「あのね、トシ君……ウチ、本当にトシ君が好きなの。付き合ってほしい」

「そういう話なら聞けないし、俺は帰るから。そこ降りたらすぐでしょ？　じゃあ」

「待ってよ！」

美鈴は敏彦の腕を強く摑《つか》んだ。

「ウチ本気だよ？」

敏彦は腕を振り払って、

「悪いけど、中村さんとは全く恋愛関係になるというビジョンが見えない。君は生徒で、まだ子供で、俺にとってはそれだけだよ。君が本気でもなんでも、そこは変わりません」

「ウチってそんなに魅力ない？」

美鈴は短いスカートをめくって見せた。成熟する前の、棒みたいに細い脚だった。

「そういうことはやめなさい。まともな男は魅力があろうとなかろうと」

「ウチ、エッチもしたことあるよ。カテキョの先生と。トシ君だってやっていいんだよ？」

敏彦はしばしば美鈴を見つめた。前々から感じていた中村美鈴の振る舞いへの違和感の答えが出た気がした。

この子は、実際に成功したことがあるのだ。いや、成功というのは彼女の主観で、客観的には大失敗だが。

　女性たるもの貞淑であれなどと言うつもりは敏彦にはない。それに、相手が同級生ならばまだいい。だが、思春期の少女の浅はかな考え――同世代の他人より経験豊かな人間になりたいだとか、性交渉をすれば成熟した人間になるだとか――そういったものに乗っかって、まだ中学生の少女と関係を持つ大人の男がいることに、敏彦は激しい嫌悪感を覚えた。

「そのカテキョって何歳？」

「分かんない……大学卒業したばっかって言ってたよ。なんでそんなこと聞くの？　トシ君が付き合ってくれたら、ちゃんと別れるよ」

「俺は君とは付き合わないよ。それに、君と付き合う成人済みの男は全員クソだ」

「なんでそんなこと言うの……？」

　美鈴は目を潤ませている。

「君も俺くらいの年になったら理解できるかもしれない。中学生と付き合う同世代の人間がどんなに不気味か」

「トシ君、ひどいよ！」

「俺は一切ひどいことは言ってない」

　敏彦は冷え冷えとした美貌《びぼう》で美鈴を見下ろした。

「可能なら、その家庭教師の話を親御さんに言ってみたらいいと思う。少なくとも君よりは」

「ふざけんな！　親は関係ねえだろ！」

美鈴は鞄《かばん》を地面に叩《たた》きつけた。

可愛いユニコーンの描かれた布製のバッグに、雨粒がいくつもシミを作る。

「そうやって、皆《みんな》してウチのことガキだと思って見下してさ。なんで？　ウチが好きになるのは、そんな迷惑なことなの？」

「俺にとっては迷惑だけど、君に好かれて迷惑かどうか、っていうのは人によるだろうね」

敏彦が美鈴のバッグを拾って手渡そうとすると、美鈴は逃げるように後退した。

「ひどい！　ひどい！　ひどい！　結局ウチのこと、馬鹿にしてるんじゃん！」

「してないって」

気が付くと二人は、歩道橋を渡り切ろうとしていた。

もうあと数ｍなのだから帰ってほしい、と思いつつも敏彦は、

「俺の言ってるのはあくまで一般論で」

敏彦が口を開いたのと、誰かが敏彦の横を猛然と通り抜けたのは同時だった。腕をザラザラとした不快な感触が撫《な》でる。黒い髪、長身、一体何者であるか、考えるより先に体が動く。ぎりぎり先回りして、美鈴を突き飛ばすことができた。しかし。

耳を劈《つんざ》くような悲鳴。美鈴の姿が遠い。

強さを増した雨が敏彦の体をどんどん冷やしていく。腕だけが燃えるように熱かった。こんなときでも、べたつく視線は消えない。

必死に目だけ動かして視線の主を探すうち、敏彦は意識を手放した。


目が覚めると、ほんのりと手が温かい。敏彦の手を、母親がしっかりと握っていた。

体を起こそうとして、口から低いうめき声が漏れた。

腕から肩にかけて、がっちりと固定されている。そして、全身が熱を持っている。

母曰《いわ》く、敏彦は歩道橋を転げ落ちて意識を失ったらしい。幸いにも腰を強打して半身不随になる、ということは免れたが、無意識に利き手をつきながら転げ落ちたらしく、開放骨折。敏彦の左腕は見るも無残な状態になってしまったらしい。

「なんか痛いとかはないな」

麻酔が効いているのだ、とは分かりつつも敏彦は呟《つぶや》く。

「でもきっと今日は熱が出ますよ。念のため、脳の検査もしなくてはいけませんし」

「すみません」

担当医がいつの間にか横に座って、敏彦の目をじっと見ていた。

「それにしても本当に美形ですね、言われ慣れているでしょうけど」

「ええ、そうですね、三十年くらい」

敏彦がそう答えると、担当医は大声で笑って、お元気そうですが大けががなんですから安静にね、と言って去って行く。冗談だと思ったのだろうか。敏彦にとっては冗談ではない。三十年以上、この顔面をぶら下げて生きている。これからもだ。

体のだるさもあって、言われた通りベッドに横たわる。

母はもちろん心配もしていたようだが、こういったことは一度や二度ではなかったので、敏彦の意識がはっきりしているのを見ると早々に帰宅してしまった。

読書やスマートフォンをいじることもできないので、非常に暇だ。

目を閉じて、自分の身に起こったことを整理する。

あのバカな中学生のことはどうでもいい。聞くところによると、美鈴は敏彦が階段から落ちたのを通報もせずただ泣き叫びながら見ていて、たまたま通りかかった男性が救急車を呼んでくれるまで、敏彦は雨の中放置されていたのだという。敏彦は一応美鈴を庇《かば》ってこうなったわけだから腹立たしくはあるが、パニックになって何もできなくなる人間というのは存在するし、その後、敏彦を突き落とした何者かが戻ってきて改めて美鈴に危害を加える、などということにならなくてよかったとも思う。

問題は、その何者かは誰なのか、ということだ。

間違いなく視線の主――敏彦に気持ちの悪い手紙を送ってきた人間だとは思う。

『**何するか分からないよ**』

まさか、こんなに早く、本当に手を出してくるとは思わなかった。美鈴のことも前から知っていたようだし、おおかた、一緒に歩いているところを見てかっとなったのだろう。

雨の日に、あんなところから落ちたら死んでもおかしくない。美鈴は、敏彦が突き飛ばさなければ背面から落ちるところだったのだし、なおさらだ。

いよいよ危険な人物だ。退院し、職場に復帰できるようになったら対処しなくてはいけない。

敏彦はそのまま、眠りに落ちた。

3

まさかあんなことになると思わなかった。

私は、あのバカそうな子供にお仕置きしようとしただけ。

彼が、あの子供に困っていたのは知っている。あんまり距離が近いから、つい嫌味を言ってしまったけど、彼があんな子供にひとかけらも興味がないことくらい、分かっている。

あの子供は、どうしようもないビッチだ。

本来の、嫌な女って意味じゃなくて、日本人がよく使う「下半身がだらしない、いやらしい女」っていう方の。

あの子供と同じくらいバカそうな大学生くらいの男、家庭教師らしい。あれが関係を持ったのはその男だけではない。同級生にも何人もいるようだし、パパ活かなにか知らないけど、そういう売春行為もしている。

ママが言ってた。

結婚前に男の人がするセックスは、将来の、本当に結婚する人とするときの練習台。だから、結婚するまでに処女を失ってしまうような人は、本当の本命にはなれないって。

私もそう思う。

あんな、クソガキ。

頭も悪くて、顔も大してかわいくなくて、結婚して専業主婦になるくらいしかできそうもないガキ（専業主婦だって真面目にやれば大仕事だから、あのガキはその役目すらまともに果たせそうにないけど）。

それなのに、自分から、その道すら塞《ふさ》ごうとしている、いっそ哀れにすら見えるガキ。

だから、私のお仕置きは、クソガキの目を覚まさせてあげることにもなるはずだ。

あのガキ、彼を誘惑までして、さすがに我慢の限界だった。

それなのに。

どうして彼は、あのガキを庇ったりなんかしたんだろう。

本当は、あのガキのこと、少しは意識していた？　あんな、ゴボウの切れ端みたいな体に？　だとしたら、ますます許せない。

でも。

あの時の彼は、いつにも増して素敵だった。

普段はゆっくり、ゆっくり歩いている（花魁《おいらん》道中みたいに、その歩き方によって余計注目を集めていることには気づいているのだろうか？）のに、あのガキを助けに行ったときの素早さと言ったら。

すらりと長い脚が地面を蹴《け》って、うっすら筋肉の付いた腕が鞭《むち》みたいに速く動いた。

本当に素敵だった。あの瞬間を映像にして、何度も観たい。

でも、本当に、そのあと体勢を崩して落ちてしまうなんて思わなかった。

私は戻って、クソガキをきちんと罰したあと、彼を助けようと思っていた。

でもそれはできなかった。あのクソガキがぎゃあぎゃあ喚《わめ》いたせいで、その辺を歩いていた人が彼を見つけてしまったからだ。その人も、倒れて血を流す彼を見て、一瞬息を呑《の》んでいた。真っ赤な血が、彼の薄い白い色の皮膚に映えて、ぞっとするほど綺麗《きれい》だった。あんなの、誰だって見とれてしまう。

通報した人のことは恨んでいない。すべて、あのクソガキが悪い。でも、私が助ける役になりたかった。私はお姫様で、彼は王子様だから、ちょっと立場は逆かもしれないけれど。

とにかく、邪魔が入ってしまった。

彼は入院してしまったらしい。もちろん、お見舞いも行った。でも、彼自身がお義母《かあ》さま以外と会いたくないって言っているから、病室も教えてもらえなかった。

どうして？　私は妻なのに。

指輪だって持ってるのに。二人の愛は永遠なのに。

そもそも、私にこんなことをさせたのだって、悪いのはクソガキだけど、彼にも原因がある。

なんで家に帰ってこないんだろう。

この家はそんなに嫌かなあ。

職場からだってすごく近いし、毎日掃除している。私はキレイ好きだから。食事が口に合わないってことはないと思う。だって、彼は私のご飯が美味《おい》しいって何回も褒めてくれたから。

じゃあ何がいけないの、と独り言を言うと、ママが「あんたよ」と言った。

睨《にら》みつけてもぼうっとした顔で黙っている。

「私の何がいけないって言うの」

ママは私をちらっと見て、馬鹿にしたように笑った。

「何がいけないっていうことはないけど」

ママは頰杖《ほおづえ》をついて、コップに注いだお酒をちびちび飲んでいる。

「あんたがあんただからダメなのよ」

鼻の奥がツンとして、視界がにじむ。ママ、なんでそんなこと言うの。

「私が言わなくたって分かるでしょ、あんただからダメなの」

喉《のど》の奥からうめき声のような醜い音が漏れる。ママはそれを聞いてますます笑っている。

あなたに会いたい。はやく、あなたに帰ってきてほしい。

4

敏彦の入院中、刑事が話を聞きに来た。敏彦は正確に起こったことを話したつもりだった。おそらく、美鈴のところにも同じように話を聞きに行ったと思う。敏彦は被害届を提出し、退院した。しかし。

全く納得がいかないのは、手紙の主と事故の原因になった人物が同一人物で、身の危険を感じるから捜査してくれ、という訴えがまるきり無視されてしまったことだった。

わけを聞くと、美鈴と敏彦の証言から、「何者かに突き落とされそうになった美鈴を庇った敏彦が転落した」ということに嘘はなさそうだが、当日の歩道橋近くに設置された防犯カメラの映像には何も映っていなかったというのだ。カメラの死角はあったものの、人が立てるスペースなどはなく、あの場所に美鈴と敏彦以外の第三者がいたとは考えにくいそうだ。ただ、雨天であったため、防犯カメラの映像が不鮮明だったことも考慮して、一応は捜査を続けているという状況らしい。

敏彦は退院後改めて証拠の手紙を持って警察に行った。その目的の一つは、カメラの映像をしっかりと自分の目で確かめるためだ。確かに、刑事の言った通り、何も映ってはいなかった。さらに、あの歩道橋は、周辺に幼稚園や小中学校、学習塾などがあり、子供たちが頻繁に通行するため、防犯カメラは音声まで入る高性能のものだ。しかし、かなりヒステリックに叫んでいた美鈴の声さえ聞こえなかった。何故か硬いものと硬いものがぶつかる音が大音量で流れていて、その他の音声がかき消されていたのだ。雨足はかなり強かったので、それのせいではないかと刑事は話した。

もう一つの目的、つまりストーカーへの対応に本腰を入れて取り組んでほしいという訴えをするという目的だが、生活安全課の対応は全く芳しくなかった。手紙の内容は確かに脅迫ともとれるが、現在特に何かが起こっているというわけではないため、何もできないという。

「おかしいじゃないですか。ケガしてるんですよ。一緒にいたっていうだけで、生徒まで狙われてるんです」

生活安全課の若い男性警察官は取り繕ったような笑顔で、

「ですからね、片山さん。転落事件とストーカーに関連があるとは現時点では言えないんです。申し訳ないですけど。それに、手紙だって、妄想を書いていますけど、直接的に迫ったりはしてきてないわけでしょう」

「それは僕が婚姻届不受理申出書を区役所に提出しているからですよ」

「ははあ、慣れていらっしゃいますねえ」

突然、年配の警察官が敏彦の目の前にどっかと腰かけた。確か、亀村《かめむら》という名前だ。

「それはどういう意味ですか」

敏彦が睨みつけると、冷たい印象の造形がより険しく見えて、大抵の人間は竦《すく》みあがる。若い警察官も目を逸《そ》らしているが、亀村はにやにやとした表情を崩さずに続けた。

「どうもこうもそのままの意味ですよ。片山さん、あなた、以前にも何回か警察に相談していらっしゃいますよね」

「それは……そうですね、全て別件ですが」

「だから、慣れていらっしゃるんだと言っただけです。これまでのことでも、説明されませんでしたか？　我々は何も起こっていないうちは動けないんですよ」

「だから、何も起こってなくはないと言っているんです。見てください、この手紙」

敏彦は**『何するか分からないよ』**と書かれた手紙を机の上に広げた。

「これが届いてすぐ、こういうふうになったんです。死ぬところだったんですよ。今すぐに捕まえてくれとか言ってるわけじゃないんです。もう少し危機感を持ってください」

「情熱的なお手紙を貰《もら》っただけでは無理でしょうねえ」

亀村は足を組み替えた。

「ま、パトロールは強化しますよ。これでご満足いただけるでしょうか」

「あの……」

あまりにもひどい態度に敏彦が次の言葉を探していると、亀村は鼻をフンと鳴らした。

「片山さん、本当に何度も何度も同じような被害に遭われているようですね。嘉納《かのう》からもお名前聞いたことがありますよ」

「ええ、全て別件ですが……」

嘉納というのは、以前生活安全課にいた三十代くらいの警察官だ。何度か世話になった親切な警察官だが、今年の初めに別の部署に異動になったとは聞いている。

「全て別件でもね、あなた、結局全部被害届取り下げてるじゃないですか」

亀村は時計を睨んでいる。

「私だってこんなことは言いたくないですよ。でも、その顔でしょ？　嘉納から話は聞いていたけど、初めてお会いしたとき、びっくりしましたよ。吉田《よしだ》……なんだっけ。とにかく、今流行《はや》ってる、国宝とか、千年に一度の美青年とか言われてる俳優より断然かっこいいじゃない。あなたもそれくらい自覚あるでしょ？　そんな顔なんだから、よっぽど気を付けないと、誰でも勘違いしちゃうでしょ」

「それは、被害者にも責任があるという理論でしょうか。失礼ですが、そのご意見は警察機関全体の意見と受け取られかねませんよ」

「弁護士みたいなこと言うんですね、片山さん。ああ、随分いい大学出ていらっしゃいますもんね」

若い刑事がちょっと、亀村さん、などと言って諌《いさ》めているが、亀村は全く気にすることなく話し続けた。

「責任はないですよ。すべての被害者に責任なんてない。悪いのはもちろん、100％加害者だ。でも、原因はある。事件が起こった原因がね」

亀村は敏彦を真正面から指さした。

「あなたの場合、その顔ですよ。臭いとかダサいとかじゃないから治せるもんでもないでしょうし、ひどいこと言ってるのは分かりますけど」

「もういいです」

敏彦は立ち上がった。ここでこの失礼な男と話していても、不快になるだけで時間の無駄だ。

「おや、ご納得いただけましたか」

「ええ。告訴状を出しますよ」

亀村の顔がわずかに曇る。

告訴状は被害届とは異なる、捜査機関に対して加害者に明確な処罰を求めるものだ。あまり知られていないことだが、被害届とは文字通り犯罪の被害を報告するものであって、そこに処罰を求める意思表示は含まれていないし、実は受理をしても捜査機関には捜査をする義務はない。一方、告訴状を受理すると当該機関には捜査の義務が発生することになる。

一見被害者側にはメリットしかないように見える告訴状だが、被害届よりずっと詳細に書類を作成しなくてはならないし、いざ受理されたら、その件の裁判含め諸々《もろもろ》全てに最後まで付き合わなくてはいけない、というデメリットも存在する。

いずれにせよ、捜査機関側からすると「告訴状」は面倒なこと、という認識は少なからずあり、大抵の場合あまり良い顔をされない。

「ご自由に！」

亀村の捨て台詞《ぜりふ》を背後に聞きながら、敏彦は思った。ああは言ったが、告訴状は出さない。というか、出しても意味がない。今までいろいろな人間からこういった被害を受けてきたが、結局のところ、精神的苦痛を含めて受けた損害に見合った罰を加害者に与えることはできないと判断して、金銭によって和解したことしかないし、そのことに後悔はしていないつもりだ。刑事裁判はひどく長く、面倒で、体力がどこまでも削られる。

いつものように和解で済ませたい。

しかし、今回は無理そうだ。今までとは少し違うものを感じる。

手紙の女は、話の通じるような相手ではないのではないか。

たしかに、ストーカーの中には、話が全く通じないタイプの人間もいる。恋愛妄想ならまだしも、独特の価値観に基づいて付きまとい行為や嫌がらせをやめない人間は厄介だ。

しかし、そんな人間でも、時間をかけ、第三者を通して根気よく彼らの本当の望みを紐解《ひもと》くと解決してしまうこともある。民間で、ストーカーと被害者の間に入って調整してくれる専門家がおり、敏彦も何回か利用していた。

彼女のやり方は独特で、まず、ストーカー本人に連絡を取る。そして、本人がなぜ対象者に執着しているのかをじっくりと聞いていく。ストーカーたちが「対象者は○○したから許せない」「信じていたのに裏切られた」などと言っている場合は、なんと「そんなにひどいと思うのなら、民事訴訟をすればいいのです」とアドバイスをする。そして、彼女の言葉に従って弁護士などに相談して初めて、自分の言っていることがいかに筋が通っていないか思い知らされる。そこまで行った後で、彼女は、ストーカーたちに自分の気持ちと向き合わせ、対象者を攻撃するのをやめるまできちんと加害者をフォローする。そもそもほとんどの加害者が、もやもやとした気持ちを晴らす場所がほしいだけなのだという。彼女は、その「場所」になってくれているわけだ。

しかし今回のストーカーは違う。

この女は、敏彦に直接的な攻撃、例えば待ち伏せをするだとか、刃物を持って脅すだとかをしているわけではないからだ。歩道橋の件でも分かる。あの女は、美鈴を狙っていた。敏彦を傷付ける気はない。だから、もし彼女に相談しに行ったら、女は彼女と話し合いなどせず、ただ彼女に危害を加えるだけだろう。

女は確実にずっとこちらを監視している。今も視線を感じるのだ。

警察官は「防犯カメラに映っていなかった」と言った。敏彦もそれには納得している。なぜなら、あの女の動きはかなり素早かったからだ。黒髪で長身の女だったことだけは分かった。でも、それだけだ。あの女は霧のように消えてしまった。

あんなことができる人間に常に見られていると思うと、それだけで心が挫《くじ》けそうだ。警察にも期待できず、民間の業者に頼ることも難しい。

それならば、自分で解決する。

敏彦はそう決心していた。それに、解決できるような気もしている。

その根拠は、敏彦のオカルト趣味とは別の、もう一つの趣味にある。

敏彦は、数年前まで、立派なストーカーだった。

幼馴染《おさななじみ》——と言っても、隣の家に住んでいる、というだけの間柄だった女性、小宮山《こみやま》栄子《えいこ》を明確にストーキングしていた。

栄子はゆで卵に目鼻をつけたような特徴のない顔をしていたし、平凡な大学の薬学部に通っており、取り立てて魅力のある女子ではなかった。

しかし、敏彦は栄子のすべてを知りたいと思った。

元々親交の深かった栄子の兄と仲良くするふりをして、堂々と家に上がり込み、彼女の部屋に様々な道具を仕掛け、それが終わったら、道具を介して毎晩彼女の生活音を聞き、彼女と他人のすべてのやりとりを盗み見て、彼女のいないときは隙を見て彼女の部屋に侵入して、爪や体毛を集めた。大学に行っているとどうしても彼女を監視する時間が減るので、一年休学までした。

しかし敏彦は、栄子のことを恋愛対象として好きだったわけではない。もちろん、憎んでいたわけでもない。何か惹《ひ》かれるものはあったのだろうが、「なぜ」彼女を対象にしたかについてはうまく答えることができない。

ただ「どうして」ストーキングしていたのか、という問いには明確に答えられる。趣味だ。

本人しか知りえない情報まで、すべてを把握するのが純粋に面白かった。

ストーキングが犯罪であることも知っていたし、敏彦は被害者だったこともあるのだから、その煩わしさ、気持ち悪さは十分に理解していた。しかし、一度始めてしまったら止めることはできなかったし、止める気もなかった。

最終的には本人にバレ、

「あんた最低、本当に気持ち悪い」

そう言われてしまった。

栄子は口は悪いが、心の広い女だった。何故かその後、ほとんど話していなかったことが嘘だったかのように顔を合わせれば世間話をするような仲になった。

しかし、そうなってしまったら、急激にどうでもよくなってしまった。

栄子に謝罪し、部屋に仕掛けた道具をすべて取り外した。結局、今では連絡も取らない。彼女と彼女の兄は失踪《しっそう》してしまったのだが、それがなくとも、その前から疎遠だった。

要は、知らないことを知りたいだけなのだ、と敏彦は自分で思っている。その探求心は世間的に見れば犯罪で、あってはならないことなのだが。

その後も敏彦は、別の人間に対して同じことをした。

栄子の時と同じくらいの興奮は得られなかったものの、それなりに楽しかった。やはり、相手が誰であるかというよりも、行為そのものが楽しいのだ、と敏彦は思った。

幸いにも栄子以外の対象にはバレていない。部屋に侵入するまでには至っていないからかもしれない。もっぱら敏彦はＳＮＳで見つけた任意のアカウントから住所を割り出し、職場やよく行く場所などを訪問し、その人を特定して写真を撮る、ということを繰り返していた。

そういうわけで、敏彦は、少ない情報から当人に行きつくのが得意だ。顔が目立つため探偵稼業はできないが、捜査能力はプロと同じくらいあった。

敏彦は、この趣味を活《い》かして、自分をストーキングしている手紙の女を特定しようと考えた。特定した後のことはまだ考えていない。今現在苦しめられている相手ではあるが、久しぶりに自分の趣味を全開にしていいと考えれば、興奮する気さえする。


一説によると、ストーカーになりやすいのは、お互いに見知った仲である人間だという。アイドルなどはその限りではないが、一目見ただけの人間を標的にするストーカーはまずいないという。

たしかに、無差別にストーキングを繰り返していた敏彦も最初は幼馴染の栄子から始めたのだ。

今まで敏彦をストーキングしてきた相手も、職場の人間や、元同級生、スポーツジムのインストラクターなど、見知った相手だった。

そう考えると、元同級生の線は薄い。敏彦は五年ほど、小中高大の全ての知り合いとは連絡を取っていない。三十になったときに送られてきた同窓会の連絡にも返信しなかった。全く連絡の取れなくなった人間のことをふと思い出して付きまとう、という可能性は薄そうだ。

ジムもやめてしまったし、趣味の集まりに参加したのも数回だ。知り合いらしい知り合いは職場にしかいないと言ってもいい。自分の人間関係を考えると、疑うべきは職場の女性ということになるだろう。というわけで、敏彦はまず、知人を中心にその動向に注意を払うことにした。

復帰後第一回の授業の後、敏彦はぐるりと教室を見渡した。

女生徒の中に怪しい人物はいなそうだ。教室にいるときだけは、あのべとつく視線を感じない。猫をかぶっているという可能性もあるので、完全にシロとは言えないが。

質問時間に、入院していたことへの心配の言葉をいくつもかけられながら敏彦は気付く。

美鈴がいない。

職員室に戻ってから確認すると、今日は欠席ということになっている。ただのサボりならいいが、美鈴は敏彦の授業には絶対に出席していたので、どうも気になる。それとも、さすがの彼女も（自分の責任ではないとはいえ）あんなことが起こってしまったため、敏彦に近付かないようにしているのだろうか。

「何か困りごと？」

背後から声をかけられて振り向くと、翠だった。鮮やかなコバルトブルーのワンピースが竹のようにほっそりとした印象の彼女にとてもマッチしている。

「うーん何でも……あー、いや……」

亀村の失礼な言葉が脳裏をよぎった。

『よっぽど気を付けないと、誰でも勘違いしちゃうでしょ』

中村美鈴がどうしているか知りたい、などと正直に言えば、敏彦のことが好きな翠は勘違いをして、美鈴に嫉妬《しっと》したりしないだろうか。手紙の女ほど攻撃的な態度に出ることはないだろうが、それに近いいざこざがあっては困るし、一応は勉強をしに来ている生徒に対して申し訳が立たない。

翠のことを幼稚な人間だと思っているわけではない。しかし、敏彦は、いい歳の、地位もあって生活に余裕のある人間が、「恋愛」絡みで驚くほど馬鹿馬鹿しくみっともない行動に出てしまうことは珍しくないと知っている。それに、翠はまさに職場の女性だ。

しかし、言い淀《よど》んだ時点で「心配事がある」と告白したも同然だ、と敏彦は思いなおして、

「中村さんはどうしているのかな、と思いまして。ほら、あの事故にあったとき、一緒

にいたもので……彼女、僕の授業に出なくなりましたけど、先生は？」

「中村さん？　私の授業にも出てない。でも、それは事故の前からそうだったし……片山君の授業だけには毎回出ていたから、ちょっと変よね。やっぱり事故がトラウマになっているのかなあ……ちょっと調べてみるね」

翠は敏彦より何年か長くここで働いている正社員なので、「副室長」という肩書がついている。彼女のＩＤで講師用ページにログインすると、より多くの生徒の情報が取得できるそうだ。翠はパソコンの画面に極端に顔を近付けて敏彦の背後から操作した。額に深い皺《しわ》が寄っている。

「片山君が入院している間、彼女のお母さまが来て、こんなことにはなったけれど学習塾は続けたいですっておっしゃっていたんだけどねえ……あ、結局彼女、事故の後は授業どころか、ここに一回も来てないじゃない。これは変だね」

「うーん……」

「親御さんに連絡しましょう」

翠は画面から体を遠ざける。皺が元通りになった。メガネが合っていないのではないだろうか。

「その方がいいですかね」

「ええ。本当に体調の問題で通えないということなら、退塾じゃなくて休塾って制度もあるしね。通っていないのに月謝を払わされる親御さんが可哀想だわ」

栄子をストーキングするために大学を一年休学していたことを思い出し、羞恥心《しゅうちしん》を煽《あお》られる。しかし顔にはおくびにも出さず、敏彦は答えた。

「そうですね。もし面談とかそういうことになった場合は、僕に任せてください」

「どうして？」

翠の顔がふたたび険しくなる。

「中村さんの担任はあなたじゃないし、あなたがどうして行くの？」

空調を受けて、翠の髪がぱらぱらと舞っている。染めたことすらないであろうまっすぐな黒髪。歩道橋で腕に感じた髪の毛のような感触を思い出す。

ふと目を落とすと、翠の細い薬指には、シンプルなデザインの銀色の指輪が嵌《はま》っていた。彼女は結婚していないはずだ。それどころか、ついひと月前、酔っぱらって（あるいは酔っぱらっておらず、確信犯的に）敏彦にしなだれかかり、結婚願望があるなどと話していたのだ。

翠は面倒見がよく、几帳面《きちょうめん》で、尊敬できる先輩だ。

しかし、どうしても疑ってしまう。

敏彦は一呼吸おいて、

「だから、あの事故に遭ったとき彼女がいたからですよ。もしそれが原因なら、僕がこうして元気にしているところを見せれば彼女も元気になるかもしれない」

翠はしばらく黙って険しい表情のまま敏彦を見つめていたが、やがてふっと硬い表情を解いた。

「まあ、そうかもね。実際、中村さんが一番なついていたのってあなただし……でも、彼女の担任が許可したら、だからね」

「はい」

敏彦は、内心ほっと胸を撫《な》でおろす。変な風にこじれなくてよかった。彼女が手紙の女であったとしても、今はそれを追及するタイミングではない。

それに、この調子だとほぼ確実に美鈴に話を聞くことができるだろう。敏彦も手紙の女はちらりと見たが、美鈴は正面から見ているはずなのだ。正直、美鈴の体調を心配していると言うと嘘になる。単に、美鈴にあの女のことを聞きたいだけだった。


書類の作成が終わり帰ろうとすると、傘立ての横に女子が立っている。毛先が跳ねたポニーテール。一瞬、美鈴に見えて驚いたが、よく見ると同じ制服は着ているものの、別人だった。

牛島宏奈《うしじまひろな》。美鈴とはそれなりに仲が良いようで、何回か楽しそうに話しているのを見たことがある。

宏奈は敏彦を見つけると、突き飛ばさんばかりの勢いで駆け寄ってきた。

「先生、話あんだけど」

十中八九美鈴の話だろうな、とは分かりつつも、ここで過剰に食いつくと、相手が引いてしまう恐れがある。

「質問なら質問時間内にしてほしいんだけど」

「ちげーよ、美鈴のことに決まってんでしょ」

宏奈は釣り気味の目で敏彦を睨《にら》みつけるが、すぐに落ち込んだ表情になってしまう。

「私さ、実は聞いてたんだ。美鈴、先生のこと割とマジだって言ってて、なんか、あの日、告ろうとか言ってて、止めたんだけど……」

美鈴と仲が良いわりに、まともな感覚を持っていて冷静だな、と内心敏彦は感心した。

宏奈は途切れ途切れに続ける。

「正直、美鈴といるとき先生が階段から落ちたって聞いて……最初は、先生が美鈴のことウザくて突き落とそうとして、失敗して自分が落ちたのかと思った。でも、先生がそんなことするわけないし、もしそうだったら、美鈴が先生のこと庇《かば》うはずないなって思いなおして」

「なんか、信じてくれてありがとう」

「先生を信じてるっていうより、美鈴がバカすぎるんだよね」

宏奈は深くため息をついた。

「まあ、それで、美鈴に話聞こうかと思ってたんだけど、全然学校来ないわけ。あの子、授業なんか聞かないし、塾もよくサボるけど、学校は毎日来てたから」

「全然っていうのはどれくらい？」

「全然は全然。先生の事故があってから今まで、ずっと」

敏彦が入院していたのは三日ほどで、外科手術が終わってからは通院に切り替えている。職場に復帰したのが退院から大体二週間後である今日なので、美鈴はその期間ずっと学校にも行っていないということか。

「それは心配だね」

宏奈は頷《うなず》く。

「だから、先生――学校の先生ね。先生にも止められたけど、一応美鈴の家まで行ったわけ。そしたらさ」

「ちょっと待って」

敏彦は辺りを見回した。今は感じない、べとつく視線など、何も。でも、きっと見つかってしまう。そうなると今度は、宏奈が狙われる可能性がある。

敏彦は冷静に言葉を選んで言った。

「ここだと、他の先生や保護者の方からあらぬ誤解を受けるかもしれない。きっと、話長くなるでしょ？　今、面談ってことにして教室を借りるから、牛島さんも親御さんに連絡して」

宏奈は真剣な表情でしばらく黙った後、自宅に短い電話をかけ、敏彦の後ろをついてきた。

だいたい一時半くらいだったかな。土曜の。たまたま半日授業ある日だったからさ。

ああ見えて、美鈴の家っていい家でね、お父さんがおっきい病院やってて、お母さんも医者で一緒に働いてるんだって。なんで美鈴だけあんな感じかっていうと……美鈴の上に年の離れたお兄ちゃんが二人いて、二人ともすごく優秀なんだって。美鈴は、基本放置だったらしい。だから、美鈴はバカだし、悪口言われて当然みたいなこともしてるんだけど、なんか、憎めないっていうか。ふつうにいいところもあるんだよ。ま、今はそんなこと、どうでもいいか。

とにかく、豪邸なんだよね。黒くて、上にギザギザのついてる門があってさ。母屋と、中庭と、離れがあるんだよ。うちだって別に貧乏じゃないけど、ほんと何もかも違うって感じ。

＊

基本的に昼間は美鈴の家族は家にいないっていうのは分かってたから、会えるんじゃないかと思って。ああ、事件が起こった次の日の夜にも行ったんだけど、美鈴の母親にだいぶ嫌な顔されてさ。「娘が自分から会いに行くまで家に来るのは遠慮してください」とか、すっごい冷たい声で言われて、追い返されちゃったんだよね。だから、怖いママがいない時間帯に行けばいいかなって思ったわけで。

成功した。

ピンポン鳴らしたら、美鈴が出た。いや、正確に言うと、しばらく無言だったんだけど、なんか分かるじゃん。もし、母親とかお手伝いさんだったら、無言ってことはあり得ないし。

「美鈴、来たよ、開けて」

美鈴は声をかけても黙ってた。でも、インターフォンから呼吸音みたいなのがほんの少しだけど聞こえてきた。あと、生活音？　っていうのかな。ごりごりごりって、機械が動いてるときみたいに響く大きい音がしてたから。

もう一押しだと思って、美鈴、ミスドの限定ドーナツあるよ、ってもので釣ったら、門が開いた。

玄関を開いた美鈴は、可哀想なくらい激ヤセしてた。顔が黄土色になってて、肌もボロボロ、正直、四十過ぎのおばさんに見えた。

「美鈴、どしたの」

美鈴は私の質問には答えないで、ちょいちょいと手招きした。

中に入っていいってことなんだな、と思って美鈴の後をついてった。階段上ってるときに、学校の話とか、体調の話とかしたけど、何話したかも、美鈴がなんて答えたかも覚えてない。ごりごりごり、ってでかい音がずっとしてて、全然集中できなかったから。

美鈴の部屋に着いてドアを閉めると、ごりごりごり、はちょっとだけマシになった。

「美鈴、どうして学校来ないの」

ベッドに座るのは悪いから、床に座ってそう聞くと、美鈴がいない。えっ、てなって見回すけど、やっぱり部屋のどこにもいなかった。

もしかして、私がぼうっとしてて、お茶とかお菓子とか取りに行ってくれたのに気付いていないだけかもしれない。そう思って、十分くらい待ってみたんだけど、帰ってくる様子がなかった。

「美鈴……？」

部屋のドアを開けて、おそるおそる呼んでみても、誰も答えなかった。そこで、気付いた。なんか、さっきよりごりごりごり、って音が大きくなってるの。

ドアを開けたからとかじゃない。怖いから、慌てて閉めたのに、全然小さくならなかった。

工事とかの音かな、って思いこむことにした。うちも、ここまで大きくなかったけど、水道管の工事で、かなり大きい音鳴って、テレビの音聞こえなかったこととかあるから。

「美鈴の豪邸、またでかくなんの？　うける」

独り言を言った時だった。後ろで、クスクスって笑い声がした。楽しそうっていうか、なんか、こっちを馬鹿にしてる感じ。

美鈴がクローゼットとかに隠れてて、今まで私のこと観察してニヤニヤしてたんだ、って思ったらめちゃくちゃ腹立ってさ。ばっと後ろを振り返ったの。そしたら。

美鈴がベッドの上で、顔だけ出して布団にくるまってた。文句言ってやろうと思ったんだけど、表情が変なの。ちょっと前に私のこと馬鹿にしてたとは思えない。顔が真っ青で、震えてるの。そんなの、こっちまで怖くなるじゃんね。だから、怖さをごまかすために、ちょっときつめに言ったんだよね。そこにいるなら言ってよ、って。

「ど、どう……して、どう、して……」

美鈴の唇は真っ青で、震えてた。何度も聞き返さなければ、「どうして」って言ってるのかも分からないくらいだった。

「なにが、どうしてなの？」

美鈴は私を指さして、

「どうして、宏奈がいるの」

途切れ途切れにそう言った。

言ってる意味が分からなかった。だから正直に意味分からないんだけど、って言ったら、

「なんで？　おかしい、なんで？」

って何度も繰り返した。さすがにちょっとムッとして、

「さっき一緒に階段上ってきたでしょ、なに、あんた認知症？」

私が言い終わるか終わらないかのうちに、美鈴がヒ――――ッって鳴いた。ほんとに、びっくりするくらい大声で。ごりごりごり、が一瞬聞こえなかったくらい。

「ちょっと、さっきからどしたの」

ごりごりごり。

「おかしいおかしいおかしいおかしい」

ごりごりごり。

「ちゃんと話して」

ごりごりごり。

「なんでなんでなんでなんで」

ごりごりごり。

「分からない」

ごりごりごり。

「鍵《かぎ》かけても駄目だった！」

美鈴はそう怒鳴ってから、今度は号泣し始めた。人が本気で泣いてるのなんて初めて見た。っていうか、おかしくなった？　そんな感じだった。悲しいとかそういう感じじゃなかった。で、やっぱりどんどん大きくなってくんだよね、ごりごりごり、って音が。

工事の音だって、冷静なときはそう思えてたけど、美鈴のおかしい空気に呑《の》まれて、もう無理だった。正直、美鈴のことなんてどうでもよくなっちゃって、帰りたくなった。

「私が、鍵かけてたのに勝手に入ったってこと？　それはごめんね、私、もう帰るね」

ごりごりごり。

適当に話を合わせて帰ろうとした。そしたら、美鈴がすごく強い力で腕を摑《つか》んできた。

「痛い！」

「帰らないでよっ！」

美鈴の顔は、涙と鼻水でぐちゃぐちゃだった。

「あんたが、あれ、入れた！　一人にしないで！」

「はあ？」

美鈴の腕はすっごく細いのに、振りほどこうとしても、全然振りほどけなかった。

「あれ！」

美鈴がすごい力で私の頭を無理やりドアの方向に向けた。

その途端、ごりごりごり、が止んだ。

背の高い女が、立ってた。

また、美鈴がヒ――――ッて鳴いた。

背の高い女は、笑ってた。笑って、私にありがとうって言った。

それでね、こう、顎《あご》をずらしてさ、細長い顔だったんだけど、ごりごりごり、って鳴ってるの。歯と歯がぶつかる音だったんだ、ってなぜか冷静に判断できた。

怖すぎたんだと思う。顎がずれてるんだよ。

とっくに人間の顔なんてしてないの。

美鈴が、また、ヒ――――ッて鳴いて、私は気絶した。

気絶ってすごいんだね。本当に、フッて意識がなくなる。

起きたら、っていうか、結構乱暴に肩を揺すって起こされたら、美鈴の母親が立ってた。

びっくりして立ち上がって周りを見回した。

もう、あの女はいなかった。美鈴はどうなっちゃったんだろう、ってベッドを見ると、真っ青な顔で、でも、ぐっすり寝てるの。

「どうやって入ったんですか？」

美鈴の母親が、すごく冷たい声で言った。

「いや、あの、美鈴……さんが、入れてくれたんですけど」

「そんなわけないでしょ、ずっと寝てるのに」

美鈴の母親は、大きなため息をついた。

「とにかく、前も言いましたけど、もう来ないでください。親御さんはどういう躾《しつけ》をしているのかしら。迷惑なのよ」

普通だったらムカつくし、何か言い返してやろうって思うところだけど、無理だった。

ごめんなさい、って謝って、走って帰ってきたよ。

もう、何が何だか分かんないんだもん。

夢だったんじゃない？　って、ママにも、弟にも言われたよ。でもさ、多分、夢じゃないんだよね。

ほら、見て、ここ、美鈴に摑まれた跡。

それにさ、美鈴の家出るときも、聞こえてたよ。

ごりごりごり、って。

＊

宏奈は、話の途中からあからさまに落ち着きがなくなり、最後には嗚咽《おえつ》混じりになっていた。それは、敏彦とて同じだ。

宏奈の話に出てくる「背の高い女」は、まさしく敏彦をストーキングしている女なのではないだろうか。ごりごりごり、がどうしても、防犯カメラに入っていた音声と重なる。

やはり、あの女は、敏彦ではなく、美鈴を狙っている。浮気をされたら、浮気をした人間ではなく、その浮気相手を憎む、というタイプは多くいるが、あの女もそういうタイプのようだ。もっと攻撃的で、何をやるか分からない危うさがあるが。

「私さ、幽霊見たんかな」

宏奈は震える声で言った。

「呪われてないかな」

「それはないと思う」

敏彦はきっぱりと答えた。

確かに、宏奈の話は、怪談実話のようだ。それに、敏彦は趣味の関係で、世の中には常識外の怪奇現象があることを信じている。

しかし、冷静に考えれば、あの女が幽霊であると断定するには早い。
・美鈴は寝ていた
・家はきちんと施錠されていた
・人間の顔じゃないように見えた
など、単に主観的で断片的な情報を繋《つな》ぎ合わせて、幽霊ではないか、という方向性に誘導されているに過ぎない。

だからといって、宏奈の家族のように「怪奇現象は宏奈の勘違いで、すべて夢である」と断じることもできない。

とにかく現時点で分かったことは、ストーカー女が予想以上に危険で、攻撃的で、有能な人物だということだ。

「話、聞かせてくれてありがとう。牛島さんは大丈夫だよ」

「どうしてそんなことが言えるの？」

「狙われているのが、中村さんだけだからだよ。現に、そのあとその女が追ってきたり、嫌がらせをしてきたりしてないでしょ」

宏奈は、強張《こわば》った顔のままゆっくりと頷《うなず》いた。

「俺も狙われてると思うんだ。だから、一緒にいるところを見られたくない。牛島さんが危険だからね。念のため、今日は親御さんに迎えに来てもらうことはできるかな？」

「うん、今の時間だったら、お父さんが」

「よかった。俺の方から警察にも話しておくから、もうこの件には関わらない方がいいと思う。中村さんのことが心配なのは分かるけど、牛島さんまで危険な目に遭ったら、中村さんも悲しむと思うよ」

「美鈴はむしろ『どうしてあんただけ無事なの？　ズルい！』って騒ぐタイプだと思うよ」

　宏奈は今日初めて笑顔を見せた。彼女は父親に連絡をし、しばらくして帰って行った。まだおびえている様子だったが、それでも松野塾の入り口で話しかけてきたときほどの切羽詰まった様子はなかった。

　ふと時計を見ると、もう夜の十時を回っている。教室を施錠して、帰路につくと、どうしても宏奈から聞いた怪談のような話が脳内によみがえってきて、恐ろしくなる。今は、べっとりとした視線は感じないが――

　タクシーが走っていたので停めて、サッと乗り込む。高くつくのは分かっているが、今日は電車で帰る気にはなれなかった。やはり恐ろしくて窓の外は見ることができなかった。

　手紙のことを考える。

事件の日以来、不気味な手紙は届いていない。恐らく、美鈴を攻撃することに熱中していて、手紙を書く暇がなかったのだろう、と敏彦は思った。

特に成果も出ないままタクシーは自宅についてしまう。

玄関を開けようと鞄《かばん》の中から鍵《かぎ》を出そうとしたとき、何かが敏彦の足元に落ちた。扉をよく見ると、センサーの光に照らされて、うっすらとなにか糊《のり》のようなものの跡が見える。

嫌な予感がした。何かが張り付けてあった。恐らく、あの女の手紙。

足元に目を向けたくない。

意を決して下を見ると、むわっとした悪臭が鼻を衝《つ》く。

鉄錆《さび》の臭い。いや、それよりももっと、生々しい、生き物の臭いだ。

べったりと血がこびりつき、黒ずんだ生理用ナプキンが、敏彦の革靴にしがみつくように張り付いていた。

5

職員室に通じる長い廊下で他の事務員と連れ立って歩く川原《かわはら》きららを見かけて、敏彦は立ち止まり、壁の陰に隠れた。

川原は昨年度の夏頃に入ってきた事務員で、元々は女優を目指して劇団に所属していたらしいが、なかなか芽が出ず、二十歳で見切りをつけて事務員になったという。かわいらしい容姿だけでなく、小柄ながらよく通る声と、力仕事でも積極的にやろうとするバイタリティで、男女問わず人気者だった。

「ちょっとお腹痛いからトイレ行くね」

「わかった」

「ごめんね、二日目でさ」

立ち聞きするつもりはなかったのに聞こえてしまう赤裸々な情報で、敏彦は気分が悪くなった。どうしても、家の玄関に張り付いていた不気味な生理用品がちらつく。

敏彦は一日たった今でも臭いさえ鮮明に思い出せる。少しでも気を抜くと吐いてしまいそうだが、ただでさえ長く休んでしまったのに、これ以上迷惑はかけられない。それに、川原を見ると不愉快になるのは、なにも生理のことだけが原因ではない。

敏彦は川原と一時的に付き合っていた。告白は川原からだった。川原は翠含む他の女性陣のように敏彦に対して特別な態度を取らなかった。そういうところを好ましく感じていたので、敏彦は告白を受け入れた。結果的には間違いだった。一度寝てから、彼女は本性を現した。

川原は独占欲の強い女だった。とにかく敏彦の全てを管理しようとしたし、敏彦にも同じことを望んでいるようだった。無理やり作らされたインスタアカウントで、彼女は敏彦と付き合う前から、敏彦と付き合っているような写真をいくつも投稿していたことに気付いた。なんとか言いくるめてインスタアカウントは消し、敏彦と特定されそうな画像もすべて消してもらったのだが、その頃には川原のリスのような愛くるしい容姿も、意地汚いネズミのように見えるようになった。敏彦は川原の自分に強い執着のなさそうな部分を好ましく思っていたのだから、そうではなかった場合好意もなくなる。

別れるのにも随分難儀した。川原はカンが良く、別れ話をしようとするととにかく避ける。仕方なくメッセージアプリに「好きな人が出来ました。別れよう」とだけ書いて一方的にブロックした。その後、妊娠した女を捨てたという根も葉もない噂が流されたが、一瞬で消えた。「敏彦ほどの美貌《びぼう》があれば人間性が最悪でも仕方ない」というような結論が出たようだ、とその噂を教えてきた翠は言った。そういった情報を吹き込んでくる翠のこともまた不快に思ったのだが——いずれにせよ、川原と鉢合わせしたくはない。

川原のことを思い出しているうちに、敏彦の頭にまた新しい疑念が浮かんできた。

川原は「生理二日目」だと言った。

合致してしまう。

敏彦に何通も手紙を送り付け、生理用品を玄関ドアに張り付けたのは、川原かもしれない。

ドアの軋《きし》む音がして、敏彦は体を強張《こわば》らせた。続いてパタパタと足音がして、消える。ちらりと覗《のぞ》くと川原の後ろ姿が見えた。

――今がチャンスかもしれない。

幸い、人の気配はない。今なら、女子トイレに入って、汚物入れを漁《あさ》っても誰も見ていない。

敏彦が一歩踏み出した時だった。

「片山先生」

思わず悲鳴を上げそうになってなんとか呑《の》み込む。背後に佐山が立っていた。

佐山は驚く敏彦を見て、申し訳なさそうに目線を床に落とした。

「ごめんなさい、急に声をかけてしまって……」

「いや、大丈夫……」

むしろありがとうと言いたいくらいだった。佐山がいなければ敏彦は確実に女子トイレに侵入し、汚物入れの中身を全て持ち帰っていたところだろう。敏彦はその行為自体に罪悪感は感じていない。いやらしい目的ではないのだから。しかし、先ほど「人の気配はない」と思い込んでいたのだ。相手が探偵や刑事ならまだしも、気配を消すつもりのない佐山のような一般人にも気付かなかった。そもそも、佐山だけでなく誰が来るかもわからないし、バレたときの良い言い訳を考え付いたわけでもないのに、こんなことをしようとするなんてまるで冷静ではない。確実にバレる。罪悪感はないが、さすがに「敏彦ほどの美形なら仕方がない」という範疇《はんちゅう》を超えた行為であるということは自覚がある。社会的責任を取らされることは間違いないだろう。

「ええと、なんか用？」

敏彦は内心を取り繕うように早口で尋ねた。

「いや、用はなくて……ただお見かけしたので、声をかけてしまっただけなんですけど……ごめんなさい、キモいですよね」

「全然キモくないよ」

佐山は敏彦ほど美形ではないが、恐らく誰が見ても好感を持つ容姿をしている。それに、笑顔が可愛い。彼の人柄を反映しているようだ。話も上手《うま》い。話し上手と言うよりは聞き上手なのかもしれないが、誰も傷付けず、彼と話すと癒される。だから常に彼の周りには人が集まるのだろう。無駄なトラブルばかり引き寄せる敏彦とは大違いだ。そんな『誰からも好かれる』彼は時折自身を卑下し、ほんの少し薄暗い目をする。

佐山はほとんど身の上話などはしないが、以前二人で飲んだ時にぽつりと、

「昔ちょっといじめられてたんですよね」

と言った。

佐山をいじめる人間がいること自体が信じがたいが、世の中には人気者を憎む層というのも存在する。そして、何年も前のことだろうに未《いま》だに苦しんでいる彼のことを哀れに思った。

全然キモくないよ、という敏彦の言葉を受けて、佐山はあからさまに喜んでいる。こういう分かりやすく表情が変化するところなどもかわいらしいと敏彦は思う。

「じゃあ、行こうか」

佐山と連れ立って歩きながら、敏彦はぐるぐると考えた。

敏彦を苦しめる相手が怪異なのか人間なのか、やはりまだ分からない。

手紙やら、生理用品やらは怪異とは思えない。肉体を持つ者にしかできない嫌がらせだ。しかし、歩道橋の事件や宏奈の話などは人間ではないものの仕業のように思える。ひょっとすると、勝手に結び付けているだけで、全部単独で起こっていることかもしれない。分かっているのは女性の仕業であるということだけだ。

ふと鼻腔《びくう》を鉄錆のような臭いが掠《かす》めた。思わず眉《まゆ》を顰《ひそ》めると、佐山が立ち止まって大丈夫ですか、と尋ねてくる。幻聴ならぬ幻臭だ。頭が犯人（人ではないかもしれない）に支配されてしまっている。もう自分一人では答えが出せそうになかった。

先ほどの自分の行動をもう一度脳内で反芻《はんすう》して、敏彦はふと気づいた。

どうして自分が「汚物入れの中身を持ち帰る」などという発想に至ったか。それは、汚物入れの中に、玄関ドアに張られていたものと同じ生理用品が紛れ込んでいるかどうか調べようと思ったからだ。

あのときははっきりとそう考えていたわけではないが、言語化するならばそうだ。

そういう科学的アプローチが得意な男を敏彦は知っている。

それとやはり、超科学的アプローチも視野に入れるべきだ。幸いなことにそのツテも持っている。

「なんでもないよ」

佐山に短く返事をしてから、敏彦は大きく深呼吸した。トイレの芳香剤の匂いしかしなかった。

第二章　見える

1

もう夏になるというのに、暑くもなく、さわやかな陽気だった。日曜ミサにふさわしい。

ポーリク青葉《あおば》教会の中庭は、ミサを終えた後の懇親会の参加者でにぎわっている。最近は真面目にミサに参加する信者が少なく、嘆かわしい、などと言っていた神学校の教師を思い出す。うちはそんなことがなくて良かった、と青山幸喜《あおやまこうき》は目を細めた。

ポーリク青葉教会は、青山の曾祖父《そうそふ》であるアイルランド人のディアミド・オフラハーティが、日本にキリスト教を広めるために建てた教会だ。現在は、三代目である父が牧師になっている。

特徴は、天窓から差し込む美しい光で、冬でも聖堂内がほんのり暖かいこと。そして、世にも珍しい悪魔祓いをするプロテスタント教会だということだ。

悪魔祓《ばら》いを始めたのは、亡くなった祖父だと聞いている。悪魔祓いというと、ほとんどの日本人は、夏の心霊特集番組などで紹介される海外の映像や、洋画のホラーなどを思い浮かべるだろう。要は、自分の身に起こりうる何かだとは露ほども思っていないし、ネタ的な、インチキ臭いものだと考えている人が多い。

実際、ポーリク青葉教会はネットでは有名で、そのせいでからかわれたことも一度や二度ではない。しかし青山は、悔しく思ったことはあっても、恥ずかしく思ったことは一度もなかった。

実際に悪魔は存在するからだ。

青山は幼少期に一回、成人してから一回、悪魔が人間にとり憑《つ》き、暴れまわるのを見たことがある。

そもそも、悪魔祓いというのは、あのように映像に残したり、パフォーマンス的にやるものではない。

祖父はいつも相談しに来た人間をきちんとカウンセリングし、本当に悪魔に支配されているのかどうか調べていた。ほとんどの場合、相談者は、心が疲れていたり、病気で疲弊したことによって何もないところに悪いものを見出《みいだ》していただけだった。祖父は、しかるべき医療機関と連携を取って解決していた。ごくたまに、本物に当たる、というだけだ。

祖父の態度はいつでも真摯《しんし》だったから、こんなにネットで有名なのに、必要以上の悪意を持った憶測の書き込みをされたり、教会や信者が嫌がらせを受けたりしたことはない。

青山は自分の実家と、祖父に誇りを持っていた。

「ちょっと、なに黄昏《たそがれ》てんのよ」

後ろからどついて来たのは、姉の祥子《しょうこ》だ。

祥子は、色素が薄く二十七歳の今でも少年のように見える青山とは違い、母に似て南国風のしっかりした顔立ちをしている。

結婚した今になってもたびたび実家を手伝いに来てくれており、口は悪いが、青山にとってはありがたい存在だ。

「サンドイッチもスープも美味《おい》しいってさ！　よかったじゃん、料理男子」

「料理が女性だけの仕事って考え方がもう古いから」

「そんなこと言ってねえだろ」

祥子はまたも青山をどついた。

「あんたは正直、頼りないし、フラフラして、家継ぐんだか継がないんだかも分かんないけどさ。料理上手いから、嫁さんは来てくれるかもしれないって思うよ」

祥子はいたずらっぽく笑って、

「あ、ほら、大好きなるみ先輩とか！　あの子なら、食いしん坊だし、いいんじゃない？」

そう言われて、青山の顔は真っ赤に染まる。

「先輩は、上司だからっ」

祥子は意地の悪い笑みを崩さず、ニヤニヤと青山を眺めている。

るみ先輩、こと佐々木《ささき》るみは、青山がポーリク青葉教会の副牧師になることを決めきれていない原因の一つだ。

青山は、るみと一緒に「佐々木事務所」という心霊関係に特化した事務所を経営している。

るみと青山は同じ大学の同窓生で、学生時代、るみは青山が所属する斎藤《さいとう》ゼミのチューターだった。斎藤ゼミは民俗学者である斎藤晴彦《はるひこ》教授のゼミだ。彼は本業よりもむしろメディアで活躍するオカルティストとして有名であり、青山はそこに興味を持って選択したに過ぎないのだが、るみは斎藤教授に心酔していた。

斎藤教授は六十代になった今でもツヤツヤと健康的な肌をした、いかにも変わり者の男性だが、るみも負けず劣らず、というか、圧倒的に変わり者だった。

るみは今年三十四歳になるが、彼女の実年齢を初対面で言い当てた人間はいない。五十代と言われても、十代と言われてもなんとなく納得してしまう。性別もまた、見た目からは非常に曖昧《あいまい》だ。いつも薄汚れた灰色のスウェットを着用して、分厚い眼鏡をかけ、ボサボサの髪を後ろで一つに束ねている。女らしさというものをどこかに捨て去ってしまったような外見だ。

そんな変わり者で、およそ女性としての魅力には欠けるるみだが、青山はるみの存在を好ましく思っていた。

まず、何よりも様々な物事に造詣《ぞうけい》が深く、話し方こそエキセントリックだが、とても興味深い話を沢山してくれる。学生時代、レポートが行き詰った時も、その深い知識には何度も助けられた。

加えて、青山は、るみに命を救われたことがある。

それこそが、青山が成人してから一回だけ遭遇した本物の悪魔に関する事件だった。悪魔はるみの友人男性の体を乗っ取り、不快な声で喚《わめ》き散らし、大勢の命を奪おうとした。当時まだ生きていた青山の祖父と一緒に、るみは見事に事件を解決した。悪魔祓いの最中で青山は悪魔に襲われ、命を落としかけたが、危険を顧みずそれを救ったのは他ならぬるみだ。

青山は、その時から、るみのことを優しく、天使のような存在だと思い、尊敬していた。

佐々木事務所を設立しよう、と言い出したのも青山の方からだ。るみから、将来的には民俗学の研究ではなく、もっと趣味に走った生き方をしようと思っている、と言われて、じゃあ一緒に――と誘ったのだ。青山は頼まれてもいないのに、事務仕事の全てを請け負っている。

二人は、今までに何件か心霊関係の事件を解決した。

るみは、映画「ゴーストバスターズ」のように、自らが積極的に怪異現象を倒しに行くということはほぼしない。ほとんどの場合、その深い知識を以《もっ》て原因を特定し、その原因にふさわしい解決方法を模索し、直接的な解決はしかるべき専門家に依頼する。その力は本物で、今のところ彼女が失敗したところは見たことがない。青山も危険な目に遭うことが何回かあったが、そんなときもるみは助けてくれた。

しかし実際のところは、るみの信条は「魔は美しいものに惹《ひ》かれる」で、その場に彼より美しい人間がいなかった場合、青山は怪異を誘《おび》き寄せる囮《おとり》にされた。青山が危機に陥るのはそのときであり、つまり、青山がるみに感謝する必要は一切ないのだが、非常に人の好《よ》い青山は、やはりるみ先輩は勇敢で優しい天使のような人間だ、と評価していた。

つい数か月前も、青山はるみと一緒にカルト教団に囚《とら》われてしまった女性を救出する、という仕事の解決に当たった。

教祖と言うべき少年が人智を超えた力を有していたため、かなり規模の大きい事件になってしまい、ニュースでも報道されるような事故まで起きてしまったのだが――それも、るみのおかげで当の女性、島本笑美《しまもとえみ》は救われた。最初笑美を見たときは、消え入りそうなくらいか弱い、意志薄弱な印象だったが、今の彼女はきちんと自分の意志を持って前に進んでいるように見える。最近では、ポーリク青葉教会の「聖書の勉強をする会」に積極的に参加して、仕事がない日は教会の手伝いをしてくれることもある。こうした結果もまた、るみの人徳によるものだと青山は思っている。るみの良さは、伝わる人には伝わるのだ。

「えー、すごくいいと思ったんだけどなあ」

祥子は青山の真っ赤な顔を見ながら、

「そりゃ、最初は怪しいと思ったよ。可愛い弟が、変な女に騙《だま》されて、実家も継がないで怪しい仕事してるって。だけど、今は結構賛成かも。変な仕事してても、牧師はできそうだし、そもそも、ウチの教会、一般的には変な仕事してると思われてるし。それに、るみ先輩は変わってるけど面白くていい子だし、あんたの百倍くらいしっかりしてるもんね」

「お姉ちゃんが良くても、向こうは良くないかもしれないだろ」

「あっ、あんた今、意図的に自分のこと言わなかった。あんたはどう思ってんのよ。どうせ、好きなんでしょ」

祥子は手に持っている教会のパンフレットを筒状にして、執拗《しつよう》に青山の脇腹をつついた。いい加減にしろよ、と声を上げようとすると、

「こうきくん！」

背中に鈍い衝撃が走った。思わず、前につんのめる。

「ふふ、びっくりした？」

「七菜香《ななか》ちゃん……痛いよ」

七菜香が、満面の笑みを浮かべて立っていた。どうやら青山の背中に体当たりをしたらしい。

七菜香はポーリク青葉教会の信者の子供で、小学四年生だ。教会が主催している「聖書の勉強をする会」と英語のクラスに、毎週積極的に参加している。

普段は非常に真面目で礼儀正しく、年下の子供の面倒をよく見ている。こんなふうに子供らしい一面を見せるのは青山にだけだ。

「七菜香ちゃんの邪魔しちゃ悪いし私はもう行くわ」

じゃあね七菜香ちゃん、と頭を撫《な》でて、祥子は去って行った。姉の不躾《ぶしつけ》な追及から逃れられた安堵感《あんどかん》で、青山はふう、とため息をついた。

「祥子お姉さんともお話ししたかったけど、今日話があるのはこうきくんになの。だから、よかった」

七菜香は幼い顔に、真剣な色を浮かべていた。

「あまり人に聞かれたくないことなら談話室に行こうか？」

青山がそう提案すると、黙って頷《うなず》く。談話室とは、祖父が存命のとき、格子越しに誰にも言えない悩みを持つ人の話を聞いていた場所だ。今では、ほとんど相談しに来る人もおらず、「聖書の勉強をする会」など、専ら子供のために使用されている。

一応、七菜香の親にも一言断るべきだろう、と辺りを見回すと、七菜香が腕を引っ張って首を横に振った。

「今日はパパもママも来てないよ」

「そうなんだ」

どうしたものか、としばし逡巡《しゅんじゅん》して、思い出す。そういえば、祖父が悪魔祓《ばら》いの時に親族が見られるよう監視カメラを取り付けていたはずだ。恐らく今は使われていないけれど、残っているかもしれない。このご時世、少女と成人男性が密室で二人きりになるときは、とても慎重にならなくてはいけないのだ。

信者たちと歓談していた姉に声をかけて、カメラのことを聞くと、今も現役で使っているのだという。七菜香ちゃんが話したいことがあるらしいから、と言うと姉は頷いた。

七菜香は、その間も口を真一文字に結んで、真剣な面持ちを崩さなかった。体当たりしてきた無邪気さが嘘のようだ。

談話室に着くと、七菜香はいつも彼女が座っている赤くて丸い椅子ではなく、大人用の木の椅子に腰かけた。彼女のなにかしらの覚悟の表れなのかと思うと、自然と青山の気持ちも引き締まる。

「じゃあ、なんでも聞くから、話してくれる？」

青山は祖父の言葉を、態度を真似して、優しく問いかけた。

＊

わたしの学校では、最近怖いうわさが流行《はや》っています。
最初は、学校の七不思議というやつでした。
① 夜中に学校に忘れ物を取りに行くと、行きはふつうに教室に着くのに、帰りは下りの階段が無限に続いている。そこでいったん階段を上って、上ってきた階段と反対側の階段から下りないと、異世界に連れていかれてしまう。
② 真夜中の体育館でバスケットボールをすると、いつの間にかメンバーが一人増えている。無視して遊び続けると、いつの間にかボールがその子の生首になっている。
③ 誰もいないときにパソコン室を使うと、パソコンの中からたくさん手が出てきて、パソコンの中に閉じ込められてしまう。
④ 夜4時44分に誰もいない音楽室から「エリーゼのために」が聞こえてくる。それを四回聞くと、死ぬ。
⑤ 誰も放送室を使っていないのに、ときどき、謎のお昼の放送が始まる。すぐに耳を塞《ふさ》がないと、悪いことが起こる。
⑥ 学校の三階のトイレの、左から三番目の個室を三回ノックすると、小さな声で「はい」と返ってくる。それに答えると、トイレに引きずり込まれて死んでしまう。
⑦ 七つ目を知ると、死ぬ。

七不思議なのに、七つ目がないのは変だよね。でも、友達のお姉ちゃんのときも、お母さんのときも、全部、七つ目はなかったんだって。七つ知ると死んじゃうらしいから、知ってる人は、皆死んじゃったのかもしれないね。

こういううわさを流行らせるのは、いつも、ミキちゃんという、ちょっと変わった子です。ミキちゃんは本当におしゃべりなんだけど、面白いから人気者です。

一か月前くらいから、ミキちゃんは、「ボク、七つ目を知ってる」って言うようになりました。皆なになに、って聞きたがったけど、「ホントウに危険だから、ちょっと教えられないなあ」って、にやにやするんです。

そんなこと言われると、ますます聞きたくなって、皆でおしえておしえて、って頼んだの。でも、ミキちゃんは、黙ってにやにや。

そのうち、ちょっとヤンチャな男子たちが、どうせ嘘なんだろって言って。

ミキちゃんが、嘘じゃないよ、って言ったら、じゃあ、どうしてお前死んでねーんだよとか言って。

そしたら、ミキちゃんは、「ボクは対処法を知ってるからね。専門家だもん」って言ったの。でも、男子たちは、ますます騒いで、ぅーそつき、ぅーそつきって。

ミキちゃん、とうとう怒っちゃって、

「じゃあ話すよ。覚悟のある奴は放課後教室に集まって」

って言ったの。

わたしは、聞きたくなかったから、そこから離れたの。怖い話、興味はあるし、面白いって思うけど……やっぱり、怖いし、死んじゃうのは嫌だから。

わたしが聞いちゃったのはね、断れなかったから。

絵麻《えま》ちゃんっていう、お姫様みたいな子がいてね、その子が、

「七菜香も聞くよね？　絶対来てよ。来なかったら、絶交だから」

って言ってきて。絵麻ちゃんに絶交されちゃうってことは、クラスから無視されちゃうってことだから。

でも、約束の時間に行ってみたら、ミキちゃんをうそつきって言った男子たちと、絵麻ちゃんと、わたししかいなかったの。なんで絵麻ちゃんはわたしだけ誘ったんだろう、って思ったんだけど、絵麻ちゃんはやっぱりほかの子にも声をかけてたんだけど、ほかの子は、おばあちゃんのお見舞いとか、おうちのお手伝いとかで、来られなかったって言ってた。わたしも、そういう用事があるって言えばよかったのかな、って思ったけど、うそはついちゃだめだもんね。わたしも興味はあったから、あきらめて聞くことにしました。ミキちゃんは専門家だし、大丈夫だろうって思って。

ミキちゃんの話は、こんな感じだった。

ハルコさんは息子の太郎《たろう》くんと幸せに暮らしていました。太郎くんは、青葉南小学校

の三年生でした。

ある日、ハルコさんは、太郎くんの大好物のアップルパイを焼いて、太郎くんが帰ってくるのを待っていました。でも、いつもはまっすぐ帰ってくる太郎くんが、五時になっても、六時になっても帰ってきません。

ハルコさんは家を出て、太郎くんを探しました。

道を歩いている青葉南小学校の生徒全員に、太郎はどこですか、と聞いて回りました。でも、みんな知らんぷりです。

太郎くんはひどいいじめにあっていて、誰も太郎くんと関わりたくなかったからです。

ハルコさんは、とうとう学校にたどりつきました。

走って太郎くんの教室に向かいます。教室には誰もいませんでした。その代わり、掃除用ロッカーが、扉を下向きにして倒れています。

ハルコさんは全身の力を振りしぼって重いロッカーを元の通りに戻し、扉を開けました。

中から出てきたのは、太郎くんでした。

顔が真っ白で、人形のように動きませんでした。

ロッカーの扉の内側には、真っ赤な文字で、

「おかあさん、たすけて」

と書いてありました。

太郎くんはいじめでロッカーに閉じ込められ、窒息死してしまったのです。死ぬ前に、自分の爪をはがして、必死におかあさんに手紙を書いたのです。

ハルコさんは先生や警察に、いじめた子を見つけてくれと頼みました。

でも、先生も警察も、太郎くんが死んだのは事故だとハルコさんに言い聞かせました。

そのときから、ハルコさんはおかしくなってしまいました。

毎日学校が終わるころに校門の前で、

「男の子を探してください」

と生徒たちに頼んでまわるようになったのです。

そんなある日、ハルコさんは、学校に向かう途中、車にはねられて死んでしまいました。

その次の日、太郎くんのクラスメイトのAくんの夢に、ハルコさんが現れて、

「男の子を探してください」

と言いました。Aくんは嫌だ、と言おうとしましたが、夢の中では、ハルコさんに逆らうことができません。

一日目は、青葉池の前の道を通って、教会の中を探してください、と言われます。

Aくんは見つけられませんでした。

二日目は、北口《きたぐち》公園のジャングルジムに上って、公園中を見渡してください、と言われます。

　Aくんは見つけられませんでした。

　三日目は、歩道橋を上がってから、右から三番目の階段の下を探してください、と言われます。

　Aくんは見つけられませんでした。

　四日目は、区民センターの裏手にある、大きな駐車場を探してください、と言われます。

　Aくんは見つけられませんでした。

　五日目は、大正《たいしょう》通り沿いのコンビニの前を探してください、と言われます。

　Aくんは見つけられませんでした。

　六日目は、シエル洋菓子店の裏道にある、水道管に沿って探してください、と言われます。

　Aくんは見つけられませんでした。

　七日目は、あなたの家の中を探してください、と言われます。

　Aくんは見つけられませんでした。

　次の日の朝、Aくんは、ベッドの上で冷たくなっていました。Aくんは、太郎くんを見つけられなかったので、ハルコさんに地獄に連れて行かれてしまったのです。

　次にハルコさんの夢を見たのはBくんでした。Bくんも、一日目、二日目、とハルコさんの言う通り探しましたが、やっぱり見つけることができません。

Bくんは、あまりにも怖いので、三日目の夜になる前に、友達のCくんに話してしまいました。

すると、三日目の夜、Bくんはハルコさんの夢を見ませんでした。

代わりに、Cくんの夢にハルコさんが出てきて、

「男の子を探してください」

と言いました。

そうです。

この夢を小学校の誰かに話せば、ハルコさんはその人のところへ行くのです。

もし、誰かに話さないと、Aくんのように、ハルコさんに地獄に連れて行かれてしまいます。

この話を聞いた一週間以内に、ハルコさんはあなたの夢の中に現れるでしょう。


これが、青葉南小学校の、七不思議の七番目だって、ミキちゃんは言うの。

わたし、すごく怖くなっちゃった。だってね、ほかの七不思議と比べて、お話がすごくくわしいし、ハルコさんが言ってる場所全部、本当にある場所なんだもん。

なんでわたしもこんなにくわしく話せるかっていうとね、ミキちゃんが、紙に印刷してきたのを持ってるからなの。なんでか分からないけど、ミキちゃん、来た人皆に配ってた。

本当に怖すぎたんだと思う。

男子たちも、なんか黙っちゃって。紙を捨てようとしたら、ミキちゃんは捨てたらハルコさんに呪われるよ！　って怒鳴った。だから、残ってる。

その日はなんとなく、解散しちゃった。

次の次の日かなあ、絵麻ちゃんが、すごく興奮しながら話しかけてきて、どうしたのって聞いたら、

「私、夢にハルコさん出てきた！」

って言うの。

大丈夫？　って聞いたけど、なんか絵麻ちゃんはしゃいでるから、おかしいなとは思ったんです。

そしたら、

「そんなの、ルイに話したに決まってんじゃん」

って言うの。ルイちゃんっていうのは、絵麻ちゃんといつも一緒にいるグループの子なんだけど。

それで、その日、ルイちゃんの夢にハルコさんが出てきたらしいの。ルイちゃんも、別の子に話したって言ってた。

わたし、怖いです。

だって、わたしは話せないもん。怖いけど、ほかの子に代わってもらえばいい、ほか

の子が地獄に行けばいいなんて思えない。

わたし、地獄に行かないよね?

こうきくんが、聖書の勉強をする会で教えてくれました。

地獄は、悪い人と悪魔がいる場所だって。

わたしは、いい子じゃないかもしれないけど、悪いことはしていません。

だから、地獄に行かないよね?

*

七菜香は震えていた。

青山は考えた。かつて、自分にも、ここまで純粋に、天国や地獄の存在を聖書の言葉通り信じていたことがあったのだろうか。これはどの時代もそう思われているだけで何の根拠もない陳腐な発想なのかもしれないが、現代の子供はもっとリアリストだと思っていた。七菜香のような子供がいるのは、青山にとっては感動的というほかなかった。

青山はしばらく考えて、言葉を探す。

「けっこう怖い話だね」

祖父は相手がどのような突拍子もない訴えをしてきても、こうやってまずは共感的態度を示していた。

七菜香は小さく頷《うなず》く。薄手のカーディガンの袖口《そでぐち》は、ずっと握り締めていたからかしわくちゃになっている。

「僕が小学生の時も、七不思議はあったよ」

「そうなの……？」

「うん。七菜香ちゃんと同じ、青葉南小学校だよ。でも、ちょっと違ってたかな。七不思議の七つ目がないってとこは同じ」

「そうなんだ……じゃあ、ハルコさんの話もありましたか？」

「うーん、ハルコさんの話は聞いたことないけど」

七菜香の顔が一気に曇る。青山は慌てて、

「でも、似たような話はたくさん聞いたことあるから」

嘘ではなかった。

聞いた人が呪われる型の怪談はよくある。

最も有名なのは「カシマさん」であろうか。

この怪談自体様々な派生があるが、よく知られているものは、「カシマレイコ」という女性が、男性に乱暴されて線路に飛び込み自殺をした。列車が彼女の上を通りぬけたが、四肢を切断するだけで、彼女はそのまま出血多量で死に至るまで数時間苦しみぬいた。

この話を聞いた人間のもとに、夜、「カシマレイコ」はやってきて、三つ質問をする。

「手、いるか？」と聞かれたら、「今使ってます」。

「足、いるか？」と聞かれたら、「今使ってます」

「この話誰から聞いた？」と聞かれたら、「カシマさんから聞いた」

このように答えないと、「カシマレイコ」に手足を取られて死んでしまう。

というような話だ。

青山が最初に聞いたのは、たしか姉からだ。数日間寝るのが怖かった。しかし、これはあくまでフィクションだ。そんなことは起こらなかった。

青山はこれをそのまま、七菜香に伝えた。

怯《おび》える必要は全くない。七菜香の友達だって、青山の姉のように七菜香を脅かそうとして「本当に出てきた」などと言っているだけなのだ。自分もそうなので分かるが、七菜香はからかうと面白いタイプなのだ。

これで安心するだろう、と思って七菜香の顔を見ても、まったく表情は晴れていないどころか、先ほどにも増して沈んだ顔をしている。そして、

「ああっ」

鳥の断末魔の叫びのような悲鳴が、七菜香の口から絞り出された。

「どうしたの⁉」

「ごめんなさい、ごめんなさい、ごめんなさい……」

七菜香は真っ青な顔をして震えながら、

「話しちゃった、話しちゃった、どうしようどうしよう、こうきくんが……こうきくんは悪くないのにっ……聞いてくれたのに……バカにしなかったのに……」

七菜香は何度もごめんなさい、と繰り返す。

「大丈夫だよ。ミキちゃんは『小学校の誰かに話せば』って言ったんだよね？　僕はもうとっくに大人だし、学校の先生でもない。だから、大丈夫。それに、やっぱりこういう話は、フィクション、作り話で、本当に起こったりは」

「こうきくん……ありがとう、励ましてくれたんですよね。でも、違うと思う」

七菜香はしわくちゃの袖口をさらに強く握りしめた。

「わたしね、もう、見てるの」

「え？」

青山の目をじっと見つめて、七菜香は言った。

「もう、ハルコさんに会ったの、夢の中で」

大粒の涙がふっくらとした頰を伝って流れている。

「二日目なの」

2

中村美鈴、欠席。

分かり切っていたことだが、その表示を見て敏彦は溜息《ためいき》を吐いた。

恐らくもう、美鈴が松野塾に来ることはない。

つい一昨日《おととい》、美鈴の担任である佐山と連れ立って、中村家を訪問した。

事前にアポイントを取ったというのに、美鈴の母親の態度は非常に冷淡だった。インターフォン越しの会話だけで帰らされそうになったほどだ。

さすがにそれだけでは帰れない、と佐山が言うと、美鈴の母親はわざとらしく大きな溜息をついて門を開けた。中村家の門には宏奈の言う通り、攻撃的な忍び返しがついていた。

「何度も言ってますけど、うちの子は体調が悪いんです。それ以外」

棘《とげ》のある口調がぴたりと止まる。

美鈴の母親は、敏彦の顔をまじまじと見つめて固まってしまう。敏彦を最初に視界に入れた人間がこうなることはよくあった。

しかし、さすが医師というべきなのか、すぐに元の険しい表情に戻って、

「……それ以外、ご説明さしあげることはないです。だいたい、単なる学習塾が家庭訪問って、おかしいと思わないのかしら。こちらも忙しいの。塾は続けさせます、それで満足でしょう」

「いえ、お電話でもお話ししたのですが、こちらの片山が、その……」

佐山がおずおずと切り出す。美鈴の母親の威圧感に完全に委縮してしまっているよう

だった。敏彦は佐山の話を引き継ぐ。

「片山敏彦です。もう聞いていらっしゃるかもしれませんが、事故の日に」

「ああ、あなたね。ちっちゃな塾は大変ね。客寄せパンダみたいなのを用意しなきゃいけないんだから」

揶揄《やゆ》されていることは分かりつつも無視して敏彦は続ける。

「美鈴さんとお話しすることはできませんか」

「話？　何を話すの？　僕がいるからまた塾に来てねとでも言うつもり？　そんな必要ありません。あなたがご機嫌取りなんてしなくても続けさせますから安心してください」

「いえ、そんなことは。まあ、その話もしたいんですが。ご提案させていただきますけど、まったく来ないのに続けるのはお金の無駄ですし、休塾という手段もありますよ」

「うち、別に困ってないので！」

美鈴の母親は敏彦の言葉でますますヒートアップしてしまったようだった。

「だいたい、あの日もどうして一緒にいたの？　あなたも大けがしてたみたいだから言わなかったけど、おかしいでしょう。まさかあなたも『付き合ってます』とかそういうこと言うつもり？　気持ち悪い、美鈴は中学生ですよ！」

あなたも——美鈴が言っていた家庭教師のことを思い出して、敏彦は気分が悪くなる。

反論する間も与えず、美鈴の母親は興奮した様子で話し続けた。

「もうすぐ上の子たちが帰ってくるから長居されても迷惑です。帰ってください。人の家庭の問題に口出ししないで」

その後は何を言っても取り付く島がなく、結局美鈴と会えずに帰ることになった。

佐山曰《いわ》く、中村家にとっては「塾に在籍している」という状態が大切なのであって、実際に成果が上がっているかどうかはあまり問題ではないのだという。

「あのお母さんも可哀想な人ではあるんですよ。どうも、子供のことは全部母親に任せてるって感じのご家庭みたいで。中村さんの上のお兄ちゃんは二人ともすごく優秀だから大丈夫だったみたいですけど、中村さん本人はあんな感じでしょう？　結構責められちゃってるみたいで。とりあえず松野塾に入れた感じなんですよ」

「まってまって、全部任せるって、あの母親も医師だし働いてるよね？」

佐山は困ったように笑った。

「うーん、そういうの考えられない男性って結構いるみたいですよ」

敏彦の父親は、敏彦が高校生の時に亡くなっている。彼もまた医師で、大学病院の心臓外科で働いていた。常に忙しく、一般的な家庭のように毎晩同じ時間に帰ってくるわけでもなかったが、一緒に過ごした記憶はきちんとある。敏彦は少なくとも両親の前で問題を起こしたことはなかったが、恐らく起こしても母親ひとりのせいにするようなことはなかっただろう。

「いろんな人がいるね」

敏彦はそれだけ言って、他の言及を避けた。理解のできないことについてあれやこれやと議論をしても仕方がない。

　その後翠と合流して三人で飲食店に入り、中村家の様子について軽く報告をしたりしてから別れた。翠は中村家の事情についてはよく知っているようで、だから話を聞きに行っても無駄だと言ったのに、と言わんばかりの表情だった。

　美鈴からなにひとつ話を聞けなかったのは本当に残念だ。少なくとも、敏彦を襲った女と、宏奈が見たという背の高いバケモノとしか言いようのない女が同一の存在であるかくらいは知りたかったのだが。

　特に授業のない日でも、なんやかんやと理由をつけて敏彦に会いにくるような美鈴が断固面会拒否であることも、彼女の状態を示しているように思う。恐らく、敏彦の想像もつかないような方法であの女に脅されたのだ。

　とにかく、美鈴から話が聞けないと分かったのだから、次の行動に移らなくてはいけない。

「片山君」

　肩に手を置かれて反射的に体が跳ね上がる。翠だ。

「ちょっと、驚きすぎ」

　翠は鈴の鳴るような声で笑った。翠は容姿からは想像もつかないほど無邪気に笑う。きっと、こういうところをたまらなく可愛いと感じる男性も少なくないだろう。しかし、敏彦は彼女を疑ってしまっている。前までは好ましく思っていた幼い笑顔も恐ろしく感じる。

「すみません、ぼうっとしてて」

「そう……あ、また中村さんの」

翠は目ざとく見つけて、パソコンの画面を指ではじいた。

「ちょっと気にしすぎじゃない？　ご家庭の方針は仕方ないし、それ以上片山君にできることはないよね？　もしかして、中村さんのこと」

「その発想はちょっと短絡的では」

間に割って入ってきたのは佐山だった。

「翠先輩、中村母とおんなじこと言ってますよ。片山先生、それでちょっと傷付いてたんですから。なんかこういうの、めんどくさいですよね。男とか女とか気にしなきゃいけないの」

翠の顔が強張《こわば》っている。しばらく唇を震わせていたが、やがてすまなそうな表情で敏彦に目線を向ける。

「ごめんね、あんまりそればっかり考え込んでたら心配だよって言いたかっただけなの……」

「いえ、大丈夫です。心配してくださってありがとうございます」

敏彦は形式的なお礼を言う。翠はその後もごめんね、ごめんね、と何度も言って自分の席に戻って行った。敏彦にとっては、この謝罪さえも粘着質に感じられて、あの手紙と翠を結びつける種になってしまうだけなのだが。

「なんかほんと、めんどくさいですよね」

佐山が呟《つぶや》いた。

「相手は中学生なのに好きとか嫌いとかあるわけないですよね。単純に心配してるだけなのに、男と女だとこんなふうに邪推されて」

単純に心配しているというわけではない敏彦は慰めの言葉を言う佐山に対して少し申し訳なく思ったが、曖昧《あいまい》に頷《うなず》いた。

「でも、正直、気にしすぎなのはそうだと思います。恋愛ってことはないと思うんですけど、他に事件のことで気になることがあるから、中村さんに何か聞こうと思ってるんじゃないですか」

敏彦はしばし逡巡《しゅんじゅん》した。

手紙の女が翠である可能性がある、というのは敏彦の推測に過ぎないから当然話さないとしても、中村美鈴のことを気にしている理由を話すとなると、ストーカーのことは話さなくてはいけなくなる。翠だけではなく、職場の人間全員を疑わなくてはいけない今、不用意に話すことは避けたい。

しかし、佐山の人の好《よ》さそうな顔を見ていると、そういった警戒心が薄れていく。男女問わず誰からも好かれているのが納得できる。

佐山は敏彦が憧《あこが》れてやまない「普通」の体現者だった。敏彦の言動は、良きにしろ悪しきにしろ、意図したそのままを受け取ってもらえることは少ない。

「佐山君みたいだったら、俺もラクだったよ」

呟いてしまってから、嫉妬《しっと》の混じった感じの良くない言葉だった、と反省する。

佐山はよく聞いていなかったようで聞き返してきたが、なんでもない、と答えて、

「事故のとき、ちょっと落とし物しちゃってね。割と大事なものだから聞きたかっただけなんだ」

中村さんのこと心配してないっていうと人聞きが悪いからこれオフレコね、と付け加えて微笑むと、佐山は溜息《ためいき》をついた。

「気に障ったらすみません……でも、なんか勘違いしちゃうの分かります、そうやってニコッてされると」

「いや、別に気に障るとかはないよ」

本心だ。佐山に言われても、まったく不快感はなかった。心から褒められているのだと思う。不思議と、翠と関わることで生まれた不快感のようなものもなくなっている。

敏彦はふたたび、佐山をうらやましく思った。

次の日、敏彦の足は日本橋《にほんばし》に向かっていた。

大学時代の友人――といっても在学中は学年が違うこともあって話すこともなかったが、卒業後、たまたま参加したマイナーホラー映画の上映会で再会してから、親交を深

めた三好という男に会うためだ。

　彼は現在分子生物学の研究者で、ある相談をしたところ、自分の研究室に招いてくれたのだ。

　持参してきたもののことを思うだけで吐き気がする。紙袋の取っ手をぎゅっと握り目を瞑《つぶ》っても、不快感は一切弱まることはない。

　紙袋の中には、経血がべったりと付着した生理用品が入っている。あの日、ドアから落ちてきて、敏彦の靴に張り付いたものだ。

　マスクが汗で顔に張り付く。顔を出して電車に乗ると顔《びぼう》によって様々なトラブルを起こしてしまう。普通に歩いているときと違って、電車には逃げ場がないからだ。それが分かっているから、自意識過剰の誹《そし》りを受けようと、敏彦は仕方なく、常に電車ではマスクを着用している。敏彦の顔を一目見ようとして電車の中で将棋倒し事故が起こったことなど、実際に見なければ信じられないかもしれない。中学生になった頃から着用していて、徐々に気にならなくなってきたマスクをひどく疎ましく思ってしまう。

　顔に張り付いたマスクは、どうしてもドアに張り付いていた生理用品を思い起こさせる。

　いっそ外してしまおうか、と考えるが、敏彦は目元だけでも十分に美しいのだ。

　先ほどから視線を感じる。一人ではない。自分に対する意図のある視線は、すぐに分かる。それがあの手紙の女のような不気味なものでなくてもだ。

これ以上注目を集めてしまう前に、敏彦は車両を移動した。

どうにも晴れない気持ちのまま、敏彦は目的地であるビルに到着する。一見大型デパートにも見え、実際下の階層にはいくつか店舗が入っている建物だ。三好はここで働いている。

関係者用の入り口で名前を記載し、警備員に手渡された通行証を首にかける。エレベーターで十五階まで上ると、電話をしたわけでもないのに扉の前に三好が立っている。

「や、久しぶり」

三好は顔の横でひらひらと手を振る。

「うん、久しぶり。今日はどうもありがとう」

敏彦は三好を見上げながら言った。敏彦は175cm、そこまで背が低いわけでもない。しかし、三好と話すときは首の後ろが辛《つら》くなる。

本人は週三回ジムに行っているだけ、と言っていたが、かなり筋肉質で、とても研究者には見えない。体格に比して顔はかなり童顔で、敏彦は若手のスポーツ選手のようだと思っていた。

三好は細い目をさらに細めて人懐っこい笑みを浮かべ、手招きした。

フロアの内部はとても広かった。一般的なオフィスと違い、大学のようにいくつも教室のような部屋がある。三好はその中の一つを指さし、「ここ、俺の研究室」と言って入って行った。確かにプレートに三好の名前が書いてあった。一国一城の主《あるじ》だね、などと軽口を叩《たた》きつつ、敏彦も後に続く。

入り口は狭かったが、意外にも奥行きがあって、奥にはもう一つ扉がある。この部屋には書類が大量に置かれているから、おそらく奥が実験室なのだろう、と敏彦は思った。三好はおもむろに両腕を机の上に置いて、ワイパーのように右に動かした。どさどさっと机の上のものが床に散乱する。

「結局これが一番片付くんだよね」

余計に散らかっただけでは？　と口を挟もうとして、三好が「片付けた」結果パソコンが出現したことに気付く。さらに三好が床に落ちたリモコンを拾い上げて操作すると、研究室の前方から大型のモニターがせりだしてきた。

「最先端って感じだね」

まあね、と三好は軽く答えて、

「フェイスモーフって知ってる？」

敏彦は頷いた。

確か、海外のサービスで、複数の人間の顔写真から特徴を抽出して合成するアプリだ。猫や犬とも合成できる場合があり、一時期合成した画像をＳＮＳにアップするのがとても流行《はや》っていた。

「まずフェイスモーフをベースにしてさ、三次元モデルが作れるようにしたんだよね」

三好はどこから出してきたのか、大学時代の敏彦の写真と、三好自身の写真をパソコン上に表示する。三好がＳＴＡＲＴと描かれたボタンをクリックすると、瞬く間に男性型の立体的なモデルが表示された。

「うわ」

よく見るとモデルは、髪型だけが三好の特徴的な癖毛に引っ張られたのか変わっているだけで、ほとんど敏彦と言っていい。画面の中でモデルが満面の笑みを浮かべる。鏡の中で自分に笑いかけられたような不気味さがあり、思わずうめき声が出る。

「片山くらい完璧《かんぺき》な美形だとほとんど他の要素と混ざらないのは発見だったな。身長はやや高くなってるかな？　確かに平均に近づけば近づくほど人間は美しいと感じる傾向にあって……まあそれはいいとして、本来これは半々みたいな見た目になるんだけども」

三好は止めないとずっと本題とは関係のないことを喋《しゃべ》り続けそうだったので、敏彦は口を挟む。

「よくできてるなあ」

「ま、これは単に写真を立体にして動かせますよってだけで、本題じゃない。こんなのはちょっとやってみれば美術系の連中でもできるし。俺は、なんたって生物学者ですからね、これをベースに新しいサービスを展開したんだ」

三好は画面を切り替えた。

「ＳＮＰ――一塩基多型《いちえんきたけい》って分かるよな」

「専門家を前に『分かる』とは言えないな」

敏彦もほんの少しなら知っている。決して正しくはない説明だが、非常に分かりやすく言えば個性を決定づける遺伝情報、というような感じだ。

人間の遺伝情報を担う塩基配列は、99％以上が誰でも同じだ。しかし、残りの配列が違うことで、容姿や能力などに差異が生まれている。ある集団において塩基配列の違いが1％の頻度で出現しているとき、それを「一塩基多型」と呼ぶ。ちなみに1％に満たない場合、それは「変異」等と呼ばれる——

三好の「正しい」説明を敏彦はしばらく聞いていたが、つくづく思う。優れたプレイヤーは優れた指導者とイコールではない。

三好は敏彦の表情で察したのか、会話を切り上げて、

「人の体毛とかから、ほぼ完璧に外見を復元できるようになったんだよね」

「そういう技術があるって聞いたことあるけど、完璧っていうのは……」

ＳＮＰは「体毛が多い傾向がある」とか、「心疾患になりやすい傾向がある」とか、「目が青い傾向がある」というような情報で、あくまで要因であり絶対そうであるという確証はない。遺伝工学の世界的権威が、人の特徴には様々な因子が関わっているため、毛髪などから本人と特定できるほどの外見を再現することは現在は不可能である、というような発表をしていたはずだ。中国で、ポイ捨てされたたばこの吸い殻や噛《か》んだ後のガムなどから犯人の顔を再現し、驚くほど似通った写真を掲示板に貼って晒《さら》し者にする、

というような試みもあったそうだが、「驚くほど似通った」はずの写真から犯人が特定されたという結果には至っていない。

敏彦がそう言うと、三好は得意げに顎《あご》を触った。三好がキーボードに何か打ち込むと、先ほどとは別の三次元モデルが表示される。

敏彦は思わず叫んだ。

目と目の間が広く、眉毛《まゆげ》がほぼない。突き出た額がコブダイを思わせる背の低い白人男性が仁王立ちしている。

つい二週間前逮捕された、モンタナ州の通り魔事件の犯人、ジンバリストだった。老人ばかりを狙うという卑劣さに加えて、被害者が百人を下らないのではないかと言われており、日本でもかなり話題になった。細いキリのようなものでめった刺しにするという珍しくもない手段を取っていたが、三か月にわたってこれだけ大量の人間を襲っているのにも拘《かかわ》らずなかなか捕まらなかったため、アメリカのネット上では「透明人間の犯行」などと言われていたほどだ。どうもジンバリストは州交通局の職員で監視カメラの位置を完璧に把握していたため、これだけ長く逃げ続けられたというのが真相のようだが――まさか。

「これは……」

写真から起こしたんだよな、と口に出す前に、

「いや。奴の体毛から再現したんだ。直接依頼があったから、ちょうど試してみたかっ

たし。結果はこの通り。無事捕まったってわけ」

「本当に完璧じゃないか……」

三好が嘘を言っているとは思えない。三好は本当に、この超越的なシステムを開発したのだ。

学生時代から三好は天才だった。偏差値の高い人間が集まる大学でも群を抜いていた。学生のうちから「セル〔ライフサイエンス分野における世界最高峰の学術雑誌〕」に論文が掲載され、官費で海外のさまざまな施設に行き、勉強していた。

だから、彼がこれを開発したことに疑いの余地はない。

分かっていても恐ろしい。

このような技術は、神の領域だ。

三好に頼ったのは、たしかにこういう科学的アプローチを期待してのことだ。警察機関とも繋《つな》がりのある彼ならもしかして過去の犯罪者のデータと照合するなどできるかもしれないし、そこまではできなくても相手の性別や年齢くらいならば分かるとは思っていた。しかし、予想以上だった。

SF小説などではよく聞くし、キリスト教系の反科学活動家などが主張しているのも聞いたことがある「遺伝子監視社会」――遺伝子によってなにもかも分かってしまい、遺伝子操作で人間を自由にデザインすることができる。やがて遺伝子操作によって生まれた適正者《valid》と呼ばれる支配層がすべてを決定する社会――空想だと思っていたそれが、そう遠くない未来に実現してしまうと実体を以《もっ》てつきつけられたような気がした。

三好は玩具《おもちゃ》を自慢する少年のような顔で敏彦を見ていたが、あっと声を上げた。

「一応言っとくけど、これ内緒ね。まだ試用段階ってことで。言いふらすようなタイプじゃないのは分かってるけど。極秘プロジェクトってやつで、報道機関にも流れてないし……ほぼ完璧だけど、完璧じゃないし」

画面の中のジンバリストが笑う。テレビで見た逮捕直後の不敵な笑みと同じだ。これのどこが「ほぼ」なのだろう。

「なんか、自慢しすぎちゃったな。ごめん。片山の問題を解決しよう」

「ああ……」

あまりにも無邪気な三好を内心恐ろしく思いながら、敏彦はバッグからファスナー付きのプラスチック袋を取り出した。中にはもちろん、例の生理用品が入っている。

「聞いてはいたけど気持ち悪いね」

そう言いながらも、三好の表情には全く変化がない。ピンセットで引きずり出すとき、独特の鉄錆《さび》の臭いと、耐えがたい腐臭がマスク越しでも鼻を衝《つ》き、敏彦は吐きそうになったが、三好はやはり平然としていた。

「それにしても試料が古いな……ちょっと難しいかもな」

三好は取り出した生理用品を自分のプラスチック袋に移しながら言った。

「ごめん、でも三好さんくらいにしか」

「片山が謝る必要はない。ま、なんとかやってみる。けどちょっと時間は貰《もら》いたいかも。難しいっていうのもあるし、申し訳ないけど色々抱えてて、順番があるんだ」

「申し訳ないなんて……むしろこんなすごいものを利用させてもらっていいのかなっていう」

「気にすんなって。久しぶりに連絡くれたから、それだけでも嬉《うれ》しいよ俺は」

三好は敏彦の肩を二回軽く叩《たた》いた。このところはホラー映画を観ていないし、したがってそういうイベントに参加もしていない。敏彦にとって三好は、共通の話題がないと連絡できないくらいの知人だった。そもそも、先に声をかけてきたのは三好だ。三好は敏彦の二学年上で、優秀さと、バスケットボール選手のような長身で、同じキャンパスの学生は誰でも彼のことを知っていた。当然敏彦も彼のことは知っていたが、まさか向こうから声をかけてくるとは思わなかった。敏彦は自らの度を越した美貌《びぼう》には自覚的だったが、三好には、勝手に美醜などという一般的な価値基準の枠外にいるイメージを持っていたから、彼にとっては自分もまた路傍の石であろうと思っていたのだ。

映画が終わってからそのままを伝えると、三好は声を上げて笑った。予想より声が低くて驚いたのを覚えている。

「片山君のことを意識しない人間なんてこの世に一人もいないと思うよ」

なんと答えようか迷っていると、

「まあ、外れ値同士仲良くしよう」

そう言って、三好はその時も敏彦の肩を叩いた。

その言葉通り、三好は敏彦に対して親切だった。ホラー関係のイベントがあれば必ず誘ってくれたし、融通が利くからと言って、一般人は立ち入れない場所に入れてくれることもあった。

敏彦は特に何も返していない。気が乗らないという理由で数か月三好の連絡を無視し、それなのに彼の専門技能に頼ったりもしている。

こうして考えるとあまりにも失礼な態度だった、と反省して、敏彦は三好に頭を下げた。

「ごめんなさい。本当にありがとうございます、色々」

「大げさだなあ」

三好に何度か頭を下げて、研究室を後にした。

建物の外に出た途端だった。背中に悪寒が走る。汚濁した経血のような、粘着質な視線。

慌てて振り返っても、誰もいない。視線もすぐに感じなくなった。

「見られている」と感じるときは本当に見られていて、自意識過剰だったことなどないが、今回ばかりは気のせいかもしれない。三好の説明を聞いていただけで、特に何もしていないのに、ひどく疲れていた。

今日は早く寝てしまおう、そう思って家に急ぐ。

3

彼は最近、元気がない気がする。

彼が一番悩んでいた、クソガキを消してあげたのに、これ以上何が不安だって言うんだろう。クソガキの家に行ってわかったでしょう？　安心して。もうあなたに会うことはない。

クソガキのことはちょっとだけ可哀想になった。あんな母親がいるなんて。だからもうどうでもいい。不幸な子供のことなんて忘れて、私ときちんと向き合ってほしい。

一緒に食事をしたとき聞いてみたけど、あの子供の話しかしなかった。

もしかして。

もしかして、本当に、あのクソガキのことが好きなの？

そんなの変だよ。ありえない。

あんなどうしようもないクソガキ、家族からも愛されていないバカガキ、彼に愛される資格なんてあるわけない。

腹が立つ。腹が立つ。許せない。許せない。許せない許せない許せない許せない。

私が甘かった。

クソガキを彼の視界から消してあげるなんて、そんなの意味がなかったんだ。

彼の目を覚まさせてあげないといけなかったんだ。

ママも言ってた。結局、男なんて、若い方に行くんだって。だから女は若くて可愛くしてなきゃいけないんだって。たとえ、本当は違っていても。

でも——本当にそうなのかな。

彼は本当にそんな男かな。

いつもの彼を思い出す。

ちょっと変わっているけど。びっくりするくらい、綺麗《きれい》だけど。彼は誰にでも、同じ態度じゃなかったかなあ。

事務員の、信じられないくらいブスで太ってる大谷《おおたに》さんにも、アイドルみたいに可愛い川原さんにも、他の男たちと違って、彼は同じように接していた。私は彼のそういうところも好きなんだ。

「ハハハハハッ」

ママが笑った。

「なに……？」

ママがこういうふうに笑うときは、お酒を飲みすぎていて、機嫌の悪いときだ。私はおそるおそる聞いてみる。

「あんた、バッカじゃないの」

ママはテーブルに片足を載せて、椅子をぎこぎこと漕《こ》いだ。

「簡単に騙《だま》されちゃってさ、本当に頭が悪い。学ばない。そんなわけないでしょ」

カラン、と乾いた音がする。

空になったグラスに、丸い氷だけが残っている。私はママに早く眠ってほしくて、グラスになみなみとお酒を注ぐ。ママはそれを一瞬で飲み干して、また大声で笑った。

「あんたバカだから教えてやるけどさ、あんたは若くも可愛くもないし、そもそもそれ以前の問題だってば」

うるさい！

うるさい！

うるさいうるさいうるさいうるさいうるさいうるさいうるさい。

そんなこと分かってる。

「あんただって分かってるでしょ？」

うるさい。

私はお酒の瓶を横に倒す。瓶は壊れなかった。それを見て、ママが馬鹿にしたように鼻で笑う。

ママは立ち上がって、私の肩に手を回した。体が強張《こわば》る。予想に反して、ママは私を抱きしめて、優しい声で言った。

「だからさあ、私の言う通りにすればいいんだって」

ママは細くて骨ばった指で、私の頭を握るように撫《な》でた。
「いつも私は[redacted]ちゃんの味方だってば」
そうだよね。そう。
私は[redacted]ちゃん。ママの[redacted]ちゃん。
ママは間違えない。
ママは私を強く抱きしめる。
私はそのまま、ベッドに雪崩《なだ》れ込んだ。
彼に分からせなくてはいけない。
私を愛さなくてはいけないと分からせなくてはいけない。
遠回しに言ったって彼には、男には、伝わるはずがない。
もっときちんと分からせなくてはいけない。
そしたら、彼は私のもとに帰ってくる。
分からせなくてはいけない。
でも、それは明日《あした》からにしよう。
頭がゆらゆらと揺れる。
眠い。
眠い。
眠い。

4

川原が露骨に顔を逸《そ》らすことに気付いたのは今朝のことだった。

少し前までは、もう別れているにも拘らず、意味ありげな視線を敏彦に向けたり、思わせぶりなメモを机の上に置いてきたりしていたのだが。

そういえば一週間ほど前には既に元気がないと言っていた――というか、アピールをしていた。何度も眠れなくて、と聞こえるように連呼されるのは鬱陶《うっとう》しかったが、実際、演技ではないようだった。傍目《はため》に見ても顔色が悪く、いつもはまっすぐ伸びた背中が芯《しん》を抜いたように丸まっていたので、敏彦は彼女の机の上にビタミン剤をひと瓶置いておいた。こんなことをしているのを見られたら、まだ川原に気持ちがあるのかと勘違いされそうだ。しかし、敏彦は彼女の色々な意味で「強い」本質を知っているがゆえに単純に心配だったのだ。

あの時の川原はどうだっただろうか、と思い返してみる。

ビタミン剤を置いたのが敏彦だと分かるとは思えない。分かったとしても、彼女は特に何も言ってこなかったのだから同じことだ。

まだ気持ちがあるなどと思われたら迷惑ではある。これが川原でなければ「勘違いするな」などと周囲が諫《いさ》めるのだろうが、川原はよく同僚から言い寄られている。説得力があるのだ。松野塾長の息子である、松野拓郎《たくろう》なんてあからさまだ。なにかあればきららちゃん、きららちゃん、と下の名前を呼んでは寄っていき、他の女性と全く扱いが違う。プライベートな食事や遊びに公然と誘っているのも何度も目にした。周囲も、当の川原でさえ冷ややかな目で見ていたというのに、哀れだった。しかしいずれにせよ、川原に別れを告げてから誤解されるような行動はとっていないつもりだ。

意図がなくとも誤解されることなど沢山あるのも残念ながら事実だ。敏彦はそのことを他の誰よりも知っていた。

今まさに、川原は敏彦を避け、不自然なまでに迂回《うかい》しているのだが、気にしても仕方がない。時間が解決するのを待とう、と決めたときだった。

「ちょっと、川原ちゃん」

耳障りなまでの高い声。また別の事務員、大谷だ。

大谷は遠目から見ると小山のように太った女だ。顔も醜い。これで仕事ができるとか、心が優しいとかであれば評価も違っただろうが、彼女はどちらでもない、と敏彦は思っている。

なんでもない他人の発言から勝手に悪意を読み取り、すぐに騒ぎ立てる。口癖は「女性は抑圧されている」だが、彼女自身が同僚の女性を抑圧していることに関しては無自覚だ。たまに、休憩室から「あなた、人としておかしいよ！」という金切り声が聞こえてくるが、それは大谷が誰かしらを注意している合図だ。翠も以前、「人としておかしいよ」攻撃をされたらしい。廊下で楽しそうに話していた生徒——その二人はカップルだった——彼らにも「人としておかしいよ」攻撃をしたところで、大谷は生徒とは一切接触禁止になった。大谷は松野塾長の知り合いの娘で、ここでは古株だ。松野拓郎や大谷のような、どう考えても他人のパフォーマンスを削《そ》いでいる人間でもクビにならない松野塾はどうかと思うが、こんな場所だからこそ自分のような異常者でも働けるのだ、と敏彦はある意味感謝している。

大谷は川原の前に立ちふさがって、川原を睨《にら》みつけている。

「なんですか、大谷さん、そこ、通りたいんですけど」

川原の口調はいつになく刺々《とげとげ》しかった。大谷に失礼なことを言われたり不機嫌を振りまかれても、川原は常に朗らかに返していた。そういうこともあって大谷も川原だけにはさほど攻撃的ではなかったのだが。

「なに、その言い方。邪魔だっていうこと？　人の体型のことで悪口を言うのは一番やってはいけないことよ」

どこからともなくふう、という溜息《ためいき》が聞こえる。これは、また始まったよ、という呆《あき》れた溜息だ。松野拓郎は自分のデスクで書類仕事に集中しているフリをしている。こういうときに間に入って庇《かば》うほどの気概がある男ではないのだ。つくづく情けない男だ。

「そんなこと言ってませんけど。とにかく、なんですか？　早く言ってください」

川原はぎらぎらとした目で負けじと大谷を睨みつけている。普段の明るい彼女からは考えられない表情だった。

大谷はますますヒステリックに叫ぶ。

「私たちは子供と接する仕事なんだから、子供たちにお手本を見せなくてはいけないのよ？　そんな意図ありませんでした、じゃ通用しないの」

川原が全く顔色を変えないのを見て、大谷はまあいいわ、と言葉を切った。

「とにかくね、川原ちゃん。あなた、片山さんに嫌がらせしているでしょう」

はぁ？　と口から出そうになって慌てて呑《の》み込む。大谷は目ざとく川原が敏彦のことを避けているのを見ていたのだろう。しかし、それを即座に「嫌がらせ」と断じるのは驚きだ。揉《も》めた、と考えるのが妥当だろうし、そもそも大人なのだから、いちいちこの程度のことには構わないのが普通だ。

「しっかり見てるんだから。あのねえ、大人でしょう？　合わない人がいても我慢して付き合うのが普通でしょう。片山さんだって困ってるわよ。前から思っていたけど、ここは好みの男の人を探しに来る場所じゃないの。きちんと仕事しようよ。あなた、人としておかしいわよ」

大谷は言いたいことを言って満足したのか、口元に笑みを浮かべている。そして、きちんと言っておいたからね、とでも言うかのように敏彦に向かって目配せをした。

さすがに何か表明すべきかもしれない、そう思って口を開こうとしたときだった。

「うるせえよ」

一瞬、誰の口から出た声なのか分からなかった。それほどまでに低い声だった。いつも他の同僚たちは大谷のヒステリーが始まるとなんとか別の話をして気を紛らわせようとするが、それも静まり返る。

川原はゆっくりと顔を上げた。

「逆に聞くけどさあ、大谷さん、あんた自分がどうしてそんな不満だらけか分かる？」

「は？　どういうこと？」

川原の豹変《ひょうへん》ぶりに明らかに大谷は動揺していた。

「どういうこと、じゃねえよ。毎日毎日毎日誰かしらに文句つけて、キレ散らかして、何がどういうこと、だよ」

川原は頭をぐしゃぐしゃと掻《か》きむしる。髪を留めていたバレッタがはじけ飛んで、栗色の髪が思い思いの方向に跳ねている。口に入った毛束を気にすることもなく、川原は大谷に詰め寄った。

「あんたさあ、いつも言ってるよね。差別だとか、抑圧されてるだとか」

川原は乾いた声で言った。

「鏡見えないの？」

青ざめていた大谷の顔が怒りと羞恥《しゅうち》で赤く染まる。

「川原ちゃん、それ以上言うとっ」

「それ以上言うとなんなの？　鏡が見えないからそんなに恥ずかしい存在でいられるん

だよね」

川原は大口を開けて笑っていた。涙さえ流していた。そのままぐるぐるとよろめきながら大谷の周りを歩いている。

「教えてあげるよ。あんたが不満だらけなのはね、ブスでバカだからだよ。ブスでバカは誰にも大事にされないから。不満を溜《た》めるのも当然。だけど自業自得だから。何が差別だよ。お前が嫌われてるだけだろ。何が抑圧だよ。お前の存在が他人を抑圧してるんだよ。世間のせいにしてんじゃねえよ。ブスもバカも自己責任だろ。男に媚《こ》びて社会に迎合してる？　バッカじゃねえの、さすがバカだな、お前以外の人間は男も女も大なり小なり我慢してんだよ。社会とか関係ないんだよ、バカ。お前みたいなのが偉そうにしてるの苛《いら》つくんだよ。死ねよブス」

川原は一気に言うと、また黙ってしまう。目線だけは大谷に向けたまま、なおもぐるぐると歩き回った。

何かにとり憑《つ》かれたように口角から泡を飛ばし大笑いする川原を見て、大谷はすっかり怯《おび》え切っている。大谷だけではない。その場にいた全員が川原を恐れ、動けなかった。敏彦を除いては。

敏彦だけは、川原に近付いた。

大谷の行動が目に余るのは事実だ。川原の暴言の中には正直頷《うなず》ける部分もあった。

しかし、相手が嫌な人間であれ、暴言を吐いたらその時点で加害者になってしまう。

川原を加害者にしたのは大谷だけのせいではない。この場所にいる全員に責任がある。

恐らく川原はずっと我慢をしてきたのだろう。彼女のしつこい本性にうんざりして別れてしまったわけではあるが、彼女が頑張って良く見せようとしていた外面の部分——誰にでも優しい女——これだって彼女のパーソナリティの一部ではある。打算的に優しく振舞っていたのだとしても、他人が優しいと感じれば、その人間は優しい人間なのだ。優しい人間であろうとする努力を敏彦は素直に称賛していた。何かのきっかけで、我慢が暴発してしまったのだ。そして、敏彦はそのきっかけが自分にあるような気がしてならなかった。

敏彦はぐるぐると歩き回っている川原の肩に手をかけようとした。その寸前で川原が振り向いた。

ヒッ、と口から悲鳴が漏れる。川原の首は支えを失ったかのようにがくりと右に倒れた。川原は息がかかるような位置まで顔を近付けてくる。

「と、敏彦さん」

川原は目を見開いて、

「敏彦さん！　ごめんなさい、あなたのことは好きでした！　やさしくてきれいできれいできれいできれいで！　あ、あなた、あなたあなたあなた、は、何も！　何も悪くないいんです！　でも、でも、もう」

びしゃびしゃという水音がした。床に茶色いものが広がる。

吐いてる！　と大谷が金切り声を上げた。

身を引こうとすると、何かに足を取られて前につんのめる。川原が嘔吐《おうと》しながら敏彦の膝《ひざ》にすがりついている。

「べったりくっついてて、もうダメです」

川原は糸の切れた傀儡《かいらい》のようにばたりと倒れた。嘔吐物が跳ねて、敏彦のスラックスを汚した。しかしそんなことは気にならない。

「救急車呼びます！」

鋭く叫んだのは恐らく佐山だ。その声を皮切りに、にわかに辺りが騒々しくなる。何事かと覗《のぞ》きに来た生徒たちを教室に押し込めようと、走って行く者もいる。

「私、何もしてないわよ！」

喚《わめ》く大谷の声に耳を傾ける者はいない。嘔吐物の中に倒れ込んだ川原と、その横に呆《ぼう》然《ぜん》と立ち尽くす敏彦を、ある者はちらちらと、またあるものは遠慮なく凝視していた。

担架を持った救急隊員に声をかけられるまで、敏彦はその場を動かなかった。動けなかった、と言う方が正しいだろう。敏彦はずっと、川原が残した言葉について考えていた。

べったりくっついてて、もうダメです。

今悩まされているストーカーの件と結びつけてしまう。

しかし、同僚の中で比較的仲の良い翠や佐山にも教えていないのだから、川原がこのことについて知るはずもない。

敏彦は騒ぎがある程度収まってから、ちょっと休ませてください、と言ってトイレの個室に入った。

いったん頭を冷やしてみると、自分が宏奈のような状態になっていることに気付く。つまり、主観的で断片的な情報を繋《つな》ぎ合わせて結論を出そうとしてしまっている。

敏彦がストーカーに遭っていることと、川原が我慢の限界に達しておかしくなったこととの因果関係は証明できない。証明できないことは、因果関係がない、と考えるのが一般的だ。

もし合理的に考えるとしたら、川原こそが敏彦のストーカーで、だからこそストーキングのことも（自らの犯行であるため）知っていて、「もうダメです」は自分の心情吐露だと受け取ることもできるかもしれない。

しかし、この件が人間以外の何かによって引き起こされているという考えをどうしても捨てきれない。川原の言う「べったりくっついてて」は敏彦がとり憑かれている状態を指していたのではないだろうか、とどうしても考えてしまう。

防犯カメラに入っていた、硬いもの同士がぶつかるような音。宏奈が見たという、背の高い異形《いぎょう》の女が歯を鳴らす音。敏彦も美鈴の家を訪問した時、妙な音を聞いた。同行した佐山にも、美鈴の母親にも聞こえていなかったようだが。

基本的には、手紙や生理用品が実在することからも、生きている人間が行っている嫌がらせである、と敏彦は考えている。いるのだが。

まずは現実的で科学的な線から当たろうなどと先延ばしにしていた自分を恥じた。同時並行でやらなくてはいけなかったのだから。なにが現実的だ、と自分を責めた。現実にそういう、科学的な実証のできない、不可解でどうしようもないことがあることくらい何度も経験したことだというのに。そして、そういった類《たぐい》のことは、放置しているとあっという間に取り返しのつかないことになるのに。

敏彦はスマートフォンを取り出して、心当たりに電話を掛けた。

第三章　見たくない

1

「やあやあ、お久しぶりです」

飯田橋《いいだばし》のオフィス街から離れた雑居ビルの三階。佐々木事務所はそこにある。

口の周りに大量の食べかすを付けながら、ドーナツを片手に出迎えてくれたのが佐々木事務所の所長、佐々木るみだ。

「そう久しぶりでもないような気がするけど」

「いえいえ、久しぶりですよ。最後に会ったのは半年前ですので」

「ああ、そうかも」

「大人になると時の流れが早いですからねえ」

るみは敏彦にソファーに腰かけるよう促して、コーヒーと紅茶のどちらがいいか聞いてくる。

この女、佐々木るみとは高校生の時からの付き合いなので、出会ってからもう十五年になる。

るみは出会った時から年齢も性別もいまいち判別できない容姿をしている。よく見れば小さい鼻と口は女性的だし、肌艶《つや》も良いのだが、薄汚れた灰色のスウェットを着用し、髪は伸ばし放題、おまけに今時珍しいくらい分厚い眼鏡をかけているので、そんなことは分からない。

しかし、これでもかなりマシになった方だ。今では、少し身だしなみに無頓着《むとんちゃく》なだけの女性に見える。スウェットは首の周りがくたびれているものの不潔感はなく、眼鏡はセルフレームのレンズがわずかながら薄いタイプに替わり、髪の毛も後ろで束ねられている。これも、彼女の助手である青山幸喜のおかげだろう、と敏彦は少し嬉《うれ》しくなった。

るみとは、オカルト趣味を通じて親しくなった。彼女は「オカマニ.com」というサイトを運営していて、当時は実際にあった事件をオカルト的見地から考察していくサイトだった。サイトの読者が交流できる掲示板も用意されていて、そこに書き込んだことをきっかけに、現実でも会うようになった。出会った頃のるみは今よりずっと汚らしく、ネットに書き込む口調そのままで喋《しゃべ》り、人間らしさが欠けていた。敏彦もあまり他人を気遣ったり思いやったりする方ではないという自覚があったが、るみのそれは度を越していた。

とはいえ、るみには何回か世話になっている。興味本位からだろうが、幼馴染《おさななじみ》の栄子が巻き込まれた事件の解決に協力してくれたこともあるし、何より一度、明確に命を救われている。その後も何回か行動を共にしたことがあるが、彼女の問題解決能力は本物だ。

その問題というのは、いずれも心霊関係の問題である。

彼女はどうも「見える」人で、加えて「祓《はら》える」人のようだった。敏彦もほんの少し「見える」人ではあるが、るみのようにそれをどうにかする力はない。オカルトはあくまで趣味として楽しんでおり、彼女のようにその方面の勉強をきちんとしたわけでもない。

敏彦は心霊関係で頼るとしたらるみしかいない、と思っている。実績があるのもそうだし、何しろ彼女は暇だ。普通心霊関係で悩んだとき（超常現象を信じる人に限られるが）相談を持ち込むのは佐々木事務所のような民間の怪しい事務所ではなく、神社仏閣教会だからである。さらに、恨まれているのか、佐々木事務所の口コミは常に誹謗《ひぼう》中傷が大量に書き込まれていた。事実無根のものが多かったが、中には恐らく実際にるみと接した上で書き込んだのであろうと推測されるものもあった。彼女のことだから、興味のそそられないクライアントは追い返してしまっているのかもしれない。

以前、あまりにも人が来ないので、助手の青山に「こんな感じでどこから運営資金が出てるの、俺ちょっとなら支援できるよ」と言ったことがある。青山は曖昧《あいまい》に笑って、「先輩には信者がいるので大丈夫ですよ」と答えた。彼自身がプロテスタント教会の跡取り息子であることをネタにした彼なりのユーモアだったのかもしれないが、なるほど、少数の、悩みを解決してもらって本当にるみに感謝している人の援助があって、何とかやっているのだろうな、と敏彦は少し納得した。

そしてやはり、佐々木事務所には今日も人がいなかった。いつも子犬のようにるみの傍らに控えている青山も今日はいない。

「あれ、青山君は」

「彼は最近ご実家の手伝いで忙しいようですよ」

そうなんだ、と軽く言って、敏彦は出されたコーヒーを一口飲んだ。青山の淹《い》れたコーヒーとは比べるべくもなくひどく苦い味がした。

るみは敏彦の渋い顔など気にも留めず、ドーナッツを食い散らかしている。るみはおかしな女だが、気を遣わなくていい相手でもある。はっきり言って、敏彦はるみのことがかなり好きだ。人としてもそうだし、女性としての魅力には程遠いが、口いっぱいに頬張る様子はハムスターみたいで可愛いと言えなくもない。

「で、片山さん、悪霊にとり憑かれているとか」

るみは口をもごもごと動かしながら敏彦を指さした。

「正直、慣れたもんでしょう」

言われている内容は無礼な警察官・亀村のものと変わらないのに、るみに言われても全く腹が立たなかった。

「何度そうなったって別に慣れるもんでもないよ。それに、とり憑かれていると決まったわけでは」

確かにとり憑かれた――というか、襲われたのは、初めてではない。るみと行動を共にしていると、不思議なことにいつもバケモノは敏彦だけを攻撃した。るみによると、「魔は美しいものを好む」そうで、その理論に従えば敏彦が選ばれてしまうのも当然なのだが。

「それは失敬」

るみはコップの中の水を一気に飲み干して、

「確かに、今特に何か見えるというわけではありませんね」

「そうなんだ……」

恐らく敏彦より「見える」力の強いるみが見えないということは、とり憑かれているというわけではないのかもしれない。しかし、それでは川原の「べったりくっついて」とは何なのだろう。

「でも、印はついてますね。べったり」

思わず顔を上げて、るみの目をじっと見てしまう。べ、っ、たり。心を読まれているようで鼓動が速くなった。

「そんなに見つめられてはいくら私でも勘違いをしてしまいますよ」

「ああ……ごめん」

「大変ですね、もしかして極端な美形というのは、我々のような不細工と同じくらい容姿で不当な目に遭っているのではないかと思いますよ」

るみは表情を変えずに言うので、一体どういう感情から紡ぎだされた言葉なのか分からなかった。敏彦が次の言葉を考えているうちに、るみは口を開いた。

「片山さんの今の状態は、一般的に言う呪いをかけられた状態ですね」

るみは勝手に敏彦の持ってきた紙袋をひっくり返す。中からバラバラと手紙が出てきた。

「うーん、きょうび珍しいくらいのパワーですね。相当力のある術者でしょう」

そう言っておもむろに手紙のうちの一枚をビリビリと破り捨てた。

あっ、と声を上げる前に、るみが大声で叫んだ。

「痛い！」

「大丈夫？」

るみの手を見ると、血が滴っている。しかし、そこにはばらばらになった紙片があるだけで、刃物が飛び出しているとかそういう様子はない。

「大声を出してすみません。びっくりしただけで、特になんでもないですから。しかし本当にどうしようもないのがついていますね。片山さんに関わるもの全てが許せないみたいです」

るみはイテテ、と言いながら手をタオルで強く押さえた。

「それは俺が恨まれてるっていう方向……？」

「それは分かりません。そもそも、そんなことを考えてなんになりますか？」

るみは遠くを眺めながら言った。

「片山さんのことが嫌いで嫌がらせをしていても、片山さんのことが好きすぎてやったことが結果的に嫌がらせになっていたとしても、嫌がらせは嫌がらせですよね。片山さんは実際に被害を受けているのですから、相手の意図は関係なく、片山さんにとっては悪質な嫌がらせです」

るみがケガをしていない方の手で膝《ひざ》を払うと、床にドーナツのカスがバラバラと落ちた。そう言えばいつからるみは敏彦のことを「片山さん」と呼ぶようになったのだろう。結構長い間「敏彦殿」と呼ばれていたのだが。ふと、そのことを寂しく思った。

「相手が悪霊ならば、確かに相手の意図を探るのも意味がありますがね。これは人間がかけた呪いですよ」

るみはテーブルの上に散らばった手紙を凝視して、

「三十代くらいの女性……長い黒髪……細身で背がかなり高いですね」

瞬時に翠の姿が脳裏をよぎる。彼女は、るみが言う女の特徴をすべて備えている。

「心当たり、ありますか？」

「ああ……」

敏彦が頷《うなず》くと、るみは笑顔を作った。

「子供がいますね。もしかして、その方は」

「ないね」

敏彦はきっぱりと言った。るみも間違えることはあるのか、と妙な安堵感《あんどかん》を覚えつつ、

「俺はその人とそういうふうな関係になったことはないから」

事実だ。翠は一時期しつこいほどに二人きりでの食事を要求してきたし、断る理由もないので敏彦はついて行った。しかし、敏彦は酒を飲まない。酒を飲んでも脳が鈍るだけでなんのメリットもない、という個人的信条からだが、役に立っている。飲んでいる最中の行動などで言いがかりをつけられても、常に全くシラフであるため理路整然と反論ができるのだ。

とにかく、敏彦には一切気持ちがないから、翠には何もしていない。同僚の佐山に、「きっぱりと振ってやることも優しさだ」などと言われたこともあるが、そもそも直接的に付き合ってと言われたわけでもない相手を振るのも変な話だろう——いずれにせよ、何もしていない。

「ていうか、心当たりが本当なら、って前提だけど、彼女は未婚で子供もいないはず。アパートでお母さんと二人暮らしだから、他に小さい子がいるっていうのも考えにくいかな」

「片山さんが嘘を吐くとは思えませんし……でも見えるんですよね。男の子を抱きしめている女の姿が」

勘違いかなあ、などと呟《つぶや》きながらるみは手紙を眺めている。

「ま、そんなことはどうでもいい。呪いをかけられているのだからやることは一つです」

「と、いうと？」

「呪詛《じゅそ》返しですよ」

「んん？」

日常的には聞きなれない言葉をこうして会話の流れで当たり前のように口に出す。るみはそういう女だ。久々に接すると驚いてしまうが、そもそも敏彦は非常識な問題を非常識な人間に解決してもらいにここに来たのだ。

「日本で最も有名な呪いがあるとすれば、藁《わら》人形の呪いでしょうね。藁で作った人形を憎い相手に見立て、釘《くぎ》を打つ。正式には「丑《うし》の刻参り」と言って、かなり細かく作法が決められているのですが……それは本題ではない、置いておきましょう」

るみはどこから取り出してきたのか、小さなクマのぬいぐるみの四肢を持ち、ぶらぶらと揺らした。

「呪詛返しの話ですね。丑の刻参りは行っている最中に人に見られると効果がなくなるどころか、かけた呪いがそっくりそのまま自分に返ってくるんです。つまり、丑の刻参りを仕掛けられたのが分かったら、丑の刻に自分を呪っている人間を見物しに行けばいい。それでフィニッシュです。呪いは無事、相手に返りました。非常にシンプルですね。

でも、ほとんどの呪いは、そんな簡単にはいきませんねえ」

　るみは突然立ち上がり、仕事机の上に置いてあった書類を整理しだした。

「うーん、たしかここにあったはずなのですが」

「何を探すの？　手伝うよ」

「いえいえ、片山さんはお客様ですからね、座っていてください」

　るみは「にんにくにんにく」と連呼しながら書類の山を崩し、三つ目に差し掛かったところでお目当てのものを発見したようだった。

「ありました！　だいぶ古いものですが十分でしょう」

　るみから手渡されたのは、わら半紙をハサミで切ったような手製の札だった。お世辞にも綺麗《きれい》とは言えない文字で「鬼」と書いてあり、その下にはよく分からない文様がいくつもあった。

「これは石神《いしがみ》さんという霊能者の方から随分前に頂いた護符です。私は使わないのでどうぞ」

　なんだかその言い方だと余りものを押し付けられたような気がする。

「これは本当に余っていたものなので、お代は頂きませんよ」

　るみは得意げに言った。少し顔が緩んでしまう。るみはこういう女だ。それに、石神が一体どれほどの人物なのかは分からないが、るみが言うなら「本物」の霊能者なのだろうな、と敏彦は思った。

「これは呪詛返しの護符、っていう認識でいいのかな」

るみは頷いた。

「ええ。でも、彼はかなり独創的と言うか、自己流でやっていた部分が大きいようですから。呪いを相手に返すというよりは、自分の身を守るということに特化したものだとおっしゃっていましたね」

「なるほど……」

敏彦は手渡された護符をしげしげと見つめた。

「あ、分かりますよ、手ぬるいですよね」

「えっ？」

思わず聞き返すと、るみはにこにこと微笑んでいた。

「呪いなんてかけてきた奴には、同じ目に遭ってほしいですよね。本当は、呪詛返しがめちゃくちゃ得意な人に心当たりはあるんです。片山さんも会いましたよね、土佐《とさ》の」

「彼に頼るのは嫌だな」

敏彦はるみの言葉を遮って言った。土佐の、に続く言葉は物部《もののべ》しかない。物部斉清《なりきよ》。高知県の山奥に住む霊能力者だ。まだ若く、敏彦ほどではないが顔が整っていて、力に関してはるみ以上だ。るみが果たして業界の中でどの程度の立ち位置なのかは敏彦のような素人には分からないのでなんとも言えないのだが、るみ曰《いわ》く、物部斉清のことを知らない霊能者はモグリだそうだ。

十年ほど前に二、三回会っただけなのだが、彼は敏彦に対してかなり態度が悪かった。言葉遣いが荒いだけなら敏彦だって当時十代前半の少年に腹を立てることはない。物部は強い訛《なま》りの土佐弁を話すので、生まれも育ちも東京都の敏彦にはどうしたってきつく聞こえてしまうものだ。しかし、それとは違う、明らかな敵意のようなものを敏彦は感じ取っていた。自分の勘違いならよかったのだが、るみも見かねて「おやおや物部さん、ご機嫌斜めですか？」と聞いていたのだから、勘違いではなかったのだろう。

何をしたわけでもないし、何をされたわけでもない。だからきっと仕方のないことなのだ。

ただ、もう彼とは会いたくないと思った。敏彦が普段鬱陶《うっとう》しいと思っている有象無象からの好意と同じくらい、理由の分からない敵意も不快なものだった。

「そうでしょうねえ」

るみが言った。るみも、物部が敏彦に対してあまり良くない感情を持っていることには気付いていたようだった。そういうときに間を取り持とうとしたりしないのも、るみらしい。

「彼はどこまでも正しい善人ですからねえ、片山さんのような人間は受け入れられないのでしょう」

何を失礼な、とはとても言えない。るみは敏彦の悪癖を知っている。るみがそのことを物部に話したとは思えないが、恐らく感じ取ったのだろう。誰もが認めるそのスーパーパワーで。

　物部も敏彦のことを好きではないと思うが、敏彦も物部のことは好きではない。理由もなくなんとなく気に食わない奴だと感じてしまう自分が不思議だったが、腑《ふ》に落ちた。物部が完全に正しい善人だというのなら、自分のような異常者と合わないのは当然だ。

「それにね、物部さんにお願いするということは、呪いをかけたその女性を殺すということですから。あなたの性格上、そこまではしたくないのでは？」

　敏彦は少し考えてから頷いた。確かに翠のことは少々鬱陶しいと思っていたし、美鈴や自分を事故に遭わせたりあのような手紙を送ってくるのは恐ろしい。しかし、死ねばいいとまでは思わない。嫌がらせをやめてくれるだけでいい。

「それでは、これをお渡ししますから、いつも身に着けておいてくださいね」

「ありがとう、あの、いくら払えば」

　るみは首を横に振った。

「さっきも言いましたが、これは余ったものなので、実質無料です。いりません」

「そういうわけにはいかないよ。相談に乗ってもらったし、ちゃんと見てくれたじゃないか」

「こちらこそ、今まで何もお渡ししていないのですから。私、これでも敏彦殿には感謝しているつもりですよ」

　敏彦殿、と呼ばれてなんとなく嬉《うれ》しいような気持ちになる。おそらくるみは敏彦がこうして喜んでしまうことを計算して言っているのだろうが、それでも。

「色々なところについてきて下さいましたし、あなたがいなければ解決できなかった問題も沢山ありますよ」

「囮《おとり》としての適性がめちゃくちゃ高いからね、俺は」

「分かっているではないですか」

敏彦とるみは顔を見合わせて笑った。高校生の時に戻ったような感じがした。

「じゃあ、手の治療代だけは受け取ってよ」

るみは手のひらを敏彦の方に向ける。待て、のサインだ。既に血は止まっているが、横に一本入った切り傷が痛々しい。

「分かりました。病院へ行ったら明細をお出しします。とにかく今は何もいりません。このあと何か起こったら、そのとき改めてお願いします」

「このあと……？」

「ええ」

るみは前に出していた手を引っ込めて、逆の手の人差し指を一本ピッと立てた。

「恐らく、物部さんが行う呪詛《じゅそ》返しのように分かりやすい結果が出るわけではありません。けれど、この護符で、きっと犯人があぶり出されることでしょう。そうなってくると、犯人と片山さんとのお話し合いになるわけですが」

ふたたび「片山さん」呼びになったことには何も言及せず、敏彦は頷《うなず》いた。

「うまくいくと思います？」

「うーん」

正直な話、敏彦は他人を籠絡《ろうらく》することには長《た》けている自信がある。これは何らかの磨き上げた技術ではなく、単純に顔が美しいからだ。容姿の良い人間を好ましく思ってしまうのは本能のようなものだ。

ただ、呪いをかけるなどという普通では考えられないことをしている時点で、その人間は冷静ではない。しかも、恐らくおかしくしてしまった原因が敏彦の美しさなのだ。だとしたら、いくら笑みを浮かべて「もうやめてくださいね」などと言っても、奏功することは考えられない。そう考えて敏彦は、説得は難しいだろう、とるみに伝えた。

「さっき、私は『相当力のある術者』と言いましたよね？　今まで悪意がある前提で話してしまいましたけど、その方は、自分の力に自覚がなく、強く強く片山さんのことを思っているだけで、まったく悪気なく呪ってしまっている可能性もあるのですよ。力のある人全員が、自分の力に気付いていて、私のような仕事をしているわけではないので。無意識でやっているとしたら、やはり話し合いなど無駄なわけです」

るみの言うことには説得力があった。

「だいたいね、双方話し合って解決！　なら、私たちの職業はいらないでしょう。さっさと解決するに越したことはないですが、もっとひどい事態になることだって考えられます。これからは、何かあったらすぐに連絡してください。かけつけることは難しくても、何か助けられると思いますので」

紙に書いて生活安全課の亀村の顔に張り付けてやりたいようなセリフだった。

「それは、有料で?」

「勿論《もちろん》。お金はあるところから取りません。敏彦もつられて破顔する。

るみはワハハと豪快に笑った。敏彦もつられて破顔する。

敏彦はもう一度お礼を言って席を立った。帰り際に、今度改めて食事に行こう、今度は仕事とか抜きで、と提案する。るみは、奢《おご》りならいいですよ、と言ってにやりと笑った。

2

三好から「結果が出た」との連絡をもらい、敏彦はふたたび彼と会うことになったが、体調は最悪だった。

るみから呪詛除《よ》けの護符をもらってから、明らかに怪異現象に見舞われることが増えた。

カフェに一人で入ったのに三人分の水が運ばれてくる。車の運転中に音楽を聴いていると、女の大声が割り込んでくる。夜道を歩いているとなにかにぶつかられ、押し倒されるが、確認しても誰もいない。こういったどこかで聞いたことのある怪談のような体験に加え、不気味な手紙も復活していた。真剣には読んでいないが、攻撃性は鳴りを潜め、ただひたすらその女と敏彦の幸せな未来への妄想が書き連ねてある。一定数溜《た》まったらコピーを取って警察に送っていたが、特に意味はないだろう。むしろ、この作業で精神が削られる。るみが手紙を破っただけでケガを負ったように、手紙には念が込められているような気がするのだ。しかし、他人に頼むわけにもいかないので、仕方なく自分で確認している。

勿論、るみには連絡をした。そして、言いにくいことだが、あまり効き目がないのではないか、と言った。るみの答えは、

「何も起こっていないでしょう？　ケガをしましたか？　女の姿が直接見えましたか？　違うでしょう？　じゃあ、効いているということです」

護符がすべて解決してくれるとは元から思ってはいなかったが、期待していたのとは違う反応だった。「見えない」からと言って大丈夫なわけではないし、音が聞こえたりケガをしないまでも何かされたりするのは恐ろしい。

「何かが起こった時間帯と場所は教えてくださいね。音声があれば録音もお願いします」

そう言われて一応記録を残し、いちいち送信をしているのだが、この作業もまた精神を削られるものだった。

一番つらいのが、授業中にもごりごりごり、と音が聞こえてくるようになったことだった。

最初は、生徒が貧乏ゆすり等で出している音かと思った。注意しよう、と顔を生徒たちが座っている方向へ向けると、皆授業に熱中していて、板書を写している。一人だけ机に突っ伏している生徒がいたので声をかけようとして、はたと気付いた。見覚えがない。

敏彦のクラスは二十人しかいないので全員名前と容姿を覚えている。しかし、長い黒髪が机と同化しているような女生徒を受け持った記憶はなかった。ごりごりごり、という音が大きくなる。女がゆっくり顔を上げようとしているのに気付いた。反射的に顔を逸《そ》らそうとするが、何故かうまく動けない。薄い唇と、細い鼻梁《びりょう》が見え、あと少しで目が合ってしまう、というときにやっと体が動いた。敏彦は尻餅《しりもち》をついていた。

生徒たちが怪訝《けげん》そうな目をして、大丈夫ですか、と声をかけてくる。なんでもない、と答えながら起き上がると、その女は消えていた。

気のせいだったのだ、と自分に言い聞かせてホワイトボードに向きなおろうとすると、耳元でひときわ大きくごりごりごり、と聞こえた。

結局その後は授業にならず、生徒たちにプリントを渡して終えてしまったのだが、困ったことにそれからずっと授業をするとごりごりごり、と聞こえ、生徒たちの方を見るのが恐ろしい。

翠には「皆が片山先生の様子がおかしいって言ってるけど」と苦言を呈されてしまった。翠の顔を見ると不愉快になるくらいまで追い詰められていたがなんとか堪《こら》えて、すみません、体調がまだ悪いので、と言い訳をする。しかし、本当にこの状態がずっと続いた場合、とても耐えられるものではない。

そんな中で、三好からの連絡は一筋の光明ではあった。三好の開発した、恐ろしい精度の個人同定システムを以《もっ》てすれば、ほぼ間違いなく翠だということが確定する。その結果は、もちろん警察にも見せるが、翠本人につきつけてやろうと思っていた。決定的な証拠を以てもうこんなことはやめて欲しい、と言うのだ。

るみは話し合いで解決するわけがないと言っていたし、敏彦もそう思う。しかし、敏彦は既に冷静な判断ができる状態ではなかった。何かが変わると信じざるを得ないほどに追い詰められていた。

電車に乗っているだけなのに動悸《どうき》がした。息苦しい。

誰もこちらを見ていないのを確認してから、マスクをずらして深呼吸をする。

「あのー……」

確認が不十分だったのだろうか。女性が声をかけてくる。

無視しようかとも思ったが、正面からまっすぐ見つめられてはそれも難しい。

「はい、なんでしょう」

なるべく冷たく聞こえるように言ってから、ふと違和感を覚える。

女の声が震えている。それは、緊張や恐怖からではない。明らかに笑いをこらえている様子なのだ。

べったりと塗られて縁《ふち》からはみ出した口紅がにじんでいる。

「あの、ふふっ、なんていうか」

女はとうとう声を上げて笑い出した。違和感はますます強くなる。

目の前の、女性にしては背の高い部類の女は、おそらく二十代の後半くらいだろうか。濃い化粧を除けば、フェミニンなロングワンピースを着ていて、取り立てて変なところはない。しかし、すでにもう、爆笑していると表現しても差し支えないくらい大声で笑っているのに、乗客の誰もそのことに注意を払っていないのだ。

違和感が徐々に恐怖に変わっていく。女は爆笑しているのに一切瞳《ひとみ》が動いていない。

「騙《だま》されてるからっ」

女は敏彦を指さして、なおも爆笑している。

「騙されてるのにっ全然気づかないんだもんっ、ぜんっぜんっ」

女は笑いながら顔を近付けてくる。

ごりごりごり。

音がすぐ耳元で聞こえた。

「あなただって結局」

女が長く伸びた顔一面に広がる真っ赤な口を見せたとき、破裂音がした。思わず目を瞑《つぶ》る。

ややあって、電車のアナウンスが聞こえてきた。

おそるおそる目を開けても、何もなかった。乗客も何の反応も示していない。

るみの話を思い出す。印がべったりついている。

背の高い黒髪の女。

るみが見たのはこの女だったのか。

身近に背の高い黒髪の女は翠しかいない。だからきっと、ストーカーの正体は翠で間違っていないはずだ。敏彦よりやや高く、細いという特徴――背恰好《せかっこう》だけなら完全に翠だ。しかし、顔が全く違う。

あの女の存在自体が呪い、ということなのだろうか。「呪い」の擬人化、とでも言えばいいのか。翠は和風のさっぱりとした顔をしているが、「呪い」の女は化粧が濃く、顔立ちも派手だった。もしかしたら、翠はああいった女性的な顔立ちに憧《あこが》れがあるのかもしれない。

呼吸を整えてから、電車を降りる準備をする。

床に紙片が散らばっていた。

るみに貰った護符だった。

3

三好の指定した場所は、今回は研究室ではなかった。住所は新橋《しんばし》のタワーマンションだ。おそらく自宅なのだろう。

既に敏彦は限界まで具合が悪かったが、とりあえずの目的地まで着いてやや安心する。エントランスでインターフォンを鳴らしてドアを開けてもらい、そのままエレベーターで二十五階まで上がる。テレビで見たことのあるモデルと一緒になり、彼女はそのひとつ下で降りて行った。ここの家賃はかなり高いのではないだろうか、と敏彦は思った。

ドアを開けて出迎える三好は、この間と印象が違って見えた。白衣を着用していないからだろうか、とも思ったが、敏彦はイベントに参加するときなど普段着の三好の方が見慣れているわけで、そういうことでもなさそうだ。

「わざわざ来てくれてありがとう」

三好はにっこりと微笑んだ。目が線のように細い彼が微笑むと、三本線で構成された顔文字のようになる。

「いや、前も言ったけど、お礼を言うのはこっちだから」

三好はこの間と同じように、会えてうれしいから、と言った。

三好はソファーに腰かけるように促してくる。革張りの高級感があるソファーだった。

敏彦は三好の出した紅茶をすすりながら、やっと印象が違う理由に気付いた。特徴的な癖毛がまっすぐになっているのだ。よく見ると髭《ひげ》も綺麗《きれい》に剃《そ》られており、全体的に身ぎれいになっている。鍛えられた体も相まって、韓国の俳優のようだった。

「なんか片山、肌が」

そう声をかけられて、

「うん、ちょっと外が暑すぎて」

と答える。恐らく、ぱっと見で分かるくらい青ざめているのだろう。

「いや、肌が綺麗だなと思っただけなんだけど……熱中症になったらまずいな。ちょっと待ってて」

三好のスリッパを鳴らす音が広い部屋にペタペタと響く。ほとんど何もない部屋にぽつんと置いてある小型の冷蔵庫からスポーツドリンクを取り出し、三好はそれを敏彦に渡した。お礼を言いながら飲むと、体にじわりと活力が戻るような気がした。

「ごめんごめん、暑いときには冷たいものの方がいいよな」

「いや、全然。ありがとう、ちょっと気分良くなった」

敏彦は部屋を見回しながら、

「それにしても広い部屋だね。三好さんってミニマリストってやつ？」

「いや、もうここは引き払うんだ」

そうなんだ、と軽く流して、敏彦はペットボトルを置いた。

「急かすようで悪いけど、その、例の件は」

「うん……」

三好はミネラルウォーターのボトルを片手に、敏彦の隣に腰かけた。肩が少し当たっただけでも、筋肉が詰まっているのが分かる。

「片山はさ、これを開発するためにどれくらい経費がかかったか分かって言ってる？」

三好の喉《のど》がごくりと鳴る音がした。ペットボトルから水滴が滴って、敏彦の膝《ひざ》にいくつかシミを作った。

敏彦は三好の顔を窺《うかが》う。しかし、ただ黙って前を見ているだけで、何の表情も読み取れなかった。

「分からない。途方もない額だろうね」

この質問の意図が分からない敏彦ではない。恐らく、三好は、こうしてシステムを使わせてやったのだから、何か見返りをよこせと言っているのだ。

「それなりの金額はお支払いするつもりだよ。もし足りなければ」

「金なんて俺も持ってるんだよ」

三好は敏彦の言葉を遮って言った。

「片山、お前さ、自分が持ってるものの価値も分からないわけ」

三好が敏彦の顎《あご》を摑《つか》んだ。

「ずっと前に言ったよな。お前のことを意識しない人間なんてこの世に一人もいないって」

顎に指が食い込んでじわじわと痛む。しかし、振りほどくことはできなかった。言葉を挟むことすら不可能だ。三好の小さな瞳に映る自分の姿を見ていることしかできない。

「運命だと思ったよ。新橋で歩いてた。マスクしてても、すぐに分かった。お前よりきれいな人間なんてどこにもいない。卒業して、誰に聞いてもお前のことは知らないって言った。だからもう会えないと思ってた。でも、会えた。だから、運命だと思った。意外と大変だったんだよ、勘なんかに頼れないから、お前の来そうなイベントには全部行って」

上映会で会った三好の様子を思い出す。心底楽しそうだった。他の怪談会のイベントでも、彼は興味を持っているように見えた。登壇した演者にその人の著書を持って話しかけ、熱心に感想を話す様子はまさに同好の士だった。こんな様子の人間が、まさか全く興味がないことなんてあるのだろうか。いや、そういう演技ができてしまうのか。彼は天才だ。

「じゃあ、全部」

敏彦はやっとのことで声を絞り出した。三好は薄く笑って、

「ホラーなんて興味があるわけない。あんなの全部作り物で、まやかしで、下らない。そんなものに熱狂している連中も、バカばっかりだよ。見た目も普段外に出ないような気持ち悪い奴ばっかりだっただろ。でも付き合ってやった。好きな奴にはそうするのが

普通なんだろ」

三好は敏彦の顔を自分の顔に近付けた。頬が当たる。二回、三回。何度も。三好は初めて人形を買ってもらった少女のように、敏彦に頬ずりをしている。

「お前のためだよ」

敏彦は全てを理解した。そして、納得した。

やはり土台無理だったのだ。るみの言葉が頭をよぎる。

『極端な美形というのは、容姿で不当な目に遭っているのではないかと思いますよ』

これが不当な目かどうかは分からない。しかし、どうしたって、普通の人間関係を築くことは不可能なのだ。敏彦と接すると皆おかしくなってしまう。羨望《せんぼう》にしろ、憧憬《しょうけい》にしろ、肉欲にしろ、誰ともまともな関係を築けない。

不思議と、耳を嘗《な》め回している三好のことも気持ち悪く思わない。

きっとそれは、三好も同じだからだ。彼もまた、極端な天才なのだ。

外れ値同士仲よくしよう、と彼は言ったが、それも無理だったのだ。

「いいよ」

敏彦は短く言った。

三好が顔を上げ、驚いたような顔で敏彦を見つめている。

「したいようにしていいよ」

敏彦はもう一度、はっきりと言った。

4

「冷蔵庫の中のもの、取っていい？」

三好は背中を向けたまま、手を上げてひらひらと振った。

敏彦はベッドから下りて、冷蔵庫に向かう。本当に広くて、何もない部屋だ。三好のほとんどは嘘だったが、近々引き払うというのは本当だろう。

ソファー周りに散乱した衣服を適当にまとめてから、ミネラルウォーターを一気飲みする。少しだけ倦怠《けんたい》感が取れたような気がした。

「なんでそんなに」

三好はまだこちらを見ない。そのまま話し続ける。

「なんでそんなに平然としてられるんだよ」

敏彦は溜息《ためいき》を吐く。敏彦より20㎝ほど背の高い彼の後ろ姿が、とても小さく見えた。

「動揺したり、泣き叫んだりしたとして、途中でやめたか？」

三好は明らかに平常心を失っていた。敏彦は最初、本当に乱暴に扱われた。しかし、次第に冷静になったのか、徐々に三好の目には怯《おび》えの色が浮かぶようになった。最終的には、殆《ほとん》ど泣きそうになっていた。

「やめなかっただろ」

三好が小さくうなった。

「それに、初めてじゃないし、どうでもいいんだ」

敏彦には恋愛感情というものがいまいち分からなかった。母のことは大事だと思うし、幼馴染《おさななじみ》の栄子に対してもある種の執着を感じていたが、それ以外の人間の中の誰かを同じかそれ以上に大事に扱う気持ちに自分がなれる気がしなかった。「普通」に生きることこそ正しいと信じる敏彦にとって、それは恐怖でしかなかった。

だから、自分がそのような気分になる相手に会えていないだけだと信じて、とりあえず試行回数を増やしたのだ。女も、男も、それ以外もいた。しかし、誰に対しても未《いま》だそのような気分にはなっていない。強いて言えばるみがややその感情に近いが、かと言って結婚して一緒に生活をしたいだとか、何よりも優先したいだとかいうわけではない。

「がっかりだよ」

三好は掠《かす》れた声で言った。

お前がそれを言うのか、と呆《あき》れながら、少しうらやましいような気持ちになる。この天才は敏彦より人間らしい。自分の意中の相手を理想化し、それが勘違いだったと分かると落胆する。やはり、こんなことをされた後でも、三好に対して悪い感情は湧かなかった。

「これと引き換えに……っていうのもなんか申し訳ないし、俺は一回や二回こんなことをしたくらいで三好さんのシステムに釣り合うとは思わないんだけど、同定できたならデータを見せてくれないかな」

「そこにあるから好きにしろよ！」

三好は起き上がり、ほとんど怒鳴るような声で言った。真っ赤な顔をして、目が腫《は》れている。三好が指さす方には、ローテーブルがあった。その上に薄型のタブレットが置いてあるようだった。

「パスワードは？」

敏彦が聞くと、三好は呻《うめ》くような声で、

「お前の誕生日だよ」

と言った。

言われた通り自分の生年月日を八桁《けた》の数字で入力すると、いくつかのファイルが出てくる。「m-toshihiko」というファイルをタップして、開く。

出てきたのは、三好の研究室で見た、ほぼ敏彦の特徴に食われた、敏彦と三好の混ぜ物だった。

「なんかこれじゃないみたい」

「そんなの見たら分かるだろうが、クソ」

三好は立ち上がってローテーブルのところまで歩き、敏彦の体を乱暴に押しのけた。

さっきより顔が赤くなっている。

「ごめん」

なんとなく敏彦が謝ると、三好は顔を逸らした。

「あのさあ」

「なに」

「俺、ここ引き払うって言ったじゃん」

確かに言ったね、と相槌《あいづち》を打つと、三好はしばらく黙って、また口を開いた。

「アメリカに行くんだよ」

なるほど、と敏彦は納得する。だから彼は、モンタナ州の事件解決に関与していたのだ。正式に依頼が来たと言っていたが、恐らく向こうの警察組織から来たのだ。向こうもシステムの精度に大層驚いたことだろう。あの成果が出て、三好を放っておくわけがない。アメリカは、アメリカンドリームなどと言うが、能力のない者には日本よりずっと冷たい。しかし、裏を返せば、能力のある者には、莫大《ばくだい》な報酬が約束されている。三好ほどの天才なら、日本にいるよりも確実に待遇は良くなるだろう。

「そうか。向こうでも」

頑張って、と敏彦が言う前に三好は、

「なあ、付いてきてくれないか」

三好は右手で、敏彦の左手を握った。三好の手は、哀れなほど震えていた。

「いいじゃん、仕事なんて。前言ってたじゃん、社会で働いてないとおかしくなるからやってるだけだって。内容にこだわりなんてないんだろ？　お前、曲がりなりにも俺と同じ大学出てるんだから、向こうでだっていくらでも見つかるよ。それにさ、ストーカー女からも逃げられるじゃん。アメリカまでは追ってこないって。だから」

「向こうでも、頑張って」

敏彦は、三好の手をローテーブルに置いてから言った。

三好の薄ら笑いが固まり、やがて消えた。

三好は無言でタブレットを操作し、敏彦に投げるように渡してきた。

そこには翠がいるはずだった。長身で、さっぱりとした和風の顔の女が、歩いたり、微笑んだりするはずだったのだ。

「誰だよ、これは……」

タブレットの中で、電車の中で見た、幻のように消えた女が笑っていた。

三好のすすり泣きだけが、いつまでも耳に残った。

5

許せない。

許せない。

許せない。許せない。許せない。許せない。許せない。許せない。許せない。許せない。許せない。許せない。許せない。

あんなに言ったのに。

ちゃんと教えてあげたのに。

私は彼を愛しているのに。

彼は裏切った。

裏切者。裏切者。裏切者。

あんなことをされるくらいなら、クソガキの方がマシだった。クソガキの、若い女の体に興味があって、それだけの、一瞬の気の迷いだって、思うこともできた。

あり得ない。

相手は、男じゃないか。男。男。男。男。

背が高くて、筋肉質で、どう見ても男だった。

あり得ない。そんなことが起こっていいはずがない。

彼が男の人を好きになるなんてあってはならない。

彼は、あの男の腕の中で、女のように身を捩《よじ》って抱かれたのだろうか。それとも、彼は牡馬《おうま》のようにあの男に男根を突き立てたのだろうか。

そんなことを考える自分も許せない。あり得ない。

彼は可愛い女の子を愛さなくてはいけない。愛しているはずだ。私を、愛しているのだ。

どうしてよ、ママ。おかしいじゃない。こんなの、違うじゃない。

ママは眠っている。綺麗《きれい》な、うっとりするような顔で眠っている。

私は額に手を伸ばして、猿みたいな醜い皺《しわ》を伸ばそうとする。そして気付く。そんな必要はない。ママは今眠っている。別に、いい。

私はぐるぐる、ぐるぐると首を回した。気持ちが悪くなる。でも、どうしても、想像してしまう。彼と、あの男の、気持ちの悪い交わりを。嫌だ。信じられない。

吐きそうになってやっと、少しだけ他のことが考えられる。

そういえば、最近ずっと、誰かに付きまとわれていた。

彼に声をかけようとするだけで頭を押さえつけられたときみたいな圧力を感じて、後ろを見ても誰もいなかった。そういうことばっかりだった。

そう、あれは絶対におかしかった。もしかして——いや絶対に、彼が具合が悪そうなのと関係があった。だから私は頑張った。いつもよりたくさん。

でもダメだった。

彼が飯田橋に行ってからだ。私は付いていくって言った。彼は何も言わなかったから付いて行った。でも、最悪だった。

変な女がいて、私を追い返した。あの女は私に中指まで立てた。

でも、その時は怒らなかった。

だって、あの女、ブスすぎる。天地がひっくり返ったって彼の恋愛対象になりえない。

それに、ブスはすぐに嫉妬《しっと》する生き物だ。

私は彼の妻だから、広い心で許してあげた。嫉妬だけでは何もできないはずだと思って。

でもダメだった。あの女だ。あの女がずっと、私に付き纏《まと》っている。

だから、彼が一番困っている、肝心な時に彼のそばにいられなかった。結局こうなってしまった。

彼を守ってあげられなかった。

そう、守ってあげられなかった。

よく考えれば、彼が進んであの男のところに行っているわけがない。彼は綺麗だから、あまりにも、現実離れして綺麗だから、すぐにそういう欲望の対象になってしまうんだ。

彼は脅されていたんだ。だからあんなこと。

彼だって被害者だ。

私は冷静じゃなかった。ママがいないと駄目だ。

ふふふ、と吐息のような笑い声がした。

ママ。

起きてたんだ。

ママはすらっと長い脚を放り出して、ベッドに座っている。

「あんたって本当にバカだね」

なんでそんなこと言うの。

「そう思いたいのは分かるけどさあ、脅されてるように見えた？」

だって、そうじゃないとおかしいじゃない。

「見えなかったでしょ」

うるさい。

「帰り際に玄関でさあ、あんなにながーくキスしてさ。どうして脅されてるって思うの」

うるさい。思い出したくない。あれだって、無理やりだ。

「でもさあ、あんたにとっては良かったんじゃないの」

ママは私の頭を撫《な》でて、

「あれが大丈夫なら、あんたでも大丈夫でしょ」

そう言って、大声で笑う。

うるさい。違う。

「よかったでしょう？」

ママは何でも分かってた。

私がどんなに一緒に過ごしても、好きだと言っても、食事をしても、仕事を手伝っても、邪魔な女を排除しても、指輪をもらっても、目を見つめても、手を繋《つな》いでも、子供が欲しいと思っても、彼を私だけのものにしたくても、愛されたくても、私では、ダメなんだってことが。

「男なんて皆そうよ」

分かったよママ。

「男なんてね、どうせ裏切るの。だから、裏切られないようにすればいいの」

分かったよママ。

ママの思うことは、私の思うことだよ。

ママの思うようにするよ。

6

佐々木事務所に向かういつもの道なのに、青山はきょろきょろと辺りを警戒しながら進む。後ろめたいことがあるのだ。

七菜香を彼女の両親に無断で連れ歩いている。

七菜香の口から「ハルコさん」の話を聞き、事態は一刻を争う、と青山は判断した。勿論《もちろん》こういうこととなれば、るみに相談するのがベストだ。

七菜香を佐々木事務所に連れて行くため、七菜香の両親に連絡を取りたい、と言うと、七菜香は必死になって制止した。両親に言うくらいなら、何も解決しない方がいいとまで言うのだ。

「わたしのお父さんもお母さんも、オバケとかそういうの、大嫌いなんです。そういう話するだけで、怒られる。こうきくんも怒られちゃう。わたし、そんなの絶対嫌……」

そう言って目を潤ませられてはどうしようもできない。さらに、今日は友達と遊びに行くから、と言って家を出てきたのだと言う。大人としての正しい行動は、七菜香にきちんと両親の了解を得なさいと言う、だったのだろうが、青山にはできなかった。

青山はたまたま祖父が悪魔祓《ばら》いをする牧師で、家族全員そういった超常現象を信じていたが、殆《ほとん》どの人間はそうではない。ホラーやオカルトが好きな人も、いや、好きだからこそ、エンターテインメントとして消費しているだけで心の底からは信じていない人が殆どだ。正直、青山も元同級生などに「今何をしているのか」と聞かれると、教会の手伝いをしていると言って濁してしまう。いい年をした大人ですら、多数派の理解のない人間に否定されるのは怖い。まして七菜香は子供で、相手は実の両親だ。

「分かった。こういうことを解決してくれる専門家のところに行こうとしてたんだけど……クラスメイトの子とは違う、本物の専門家。その人には、僕から相談することにする。また話を聞くことになるかもしれないけど、七菜香ちゃんは、今日は帰って……」

「嫌！」

七菜香は顔を真っ赤にして叫んだ。

「もう、会いたくないの、ハルコさんに！　怖いの、もう……あのね、顔が……ぐちゃっとしてるの」

ぐちゃっとしている――子供らしい稚拙な表現が、逆に恐怖を駆り立てる。

「お願いこうきくん、その人に会いたいよ……直接お願いしますって言えば、きっと…

…」

七菜香はそのまま蹲《うずくま》り、泣きじゃくっている。

「でも……もしお父さんやお母さんに黙って七菜香ちゃんを連れて行ったら、七菜香ちゃんに嘘を吐かせてしまうことになる。そんなことはできないよ」

「嘘なんか……ついて、ないもん……こうきくん、わたしの、お友達ですよね……？」

「それは……」

完全に屁理屈《へりくつ》だが、縋《すが》るような目で言われると否定はできない。

青山は結局折れることになった。

「そんなにきょろきょろしてたら、かえって変だよ」

小学生にそんなことを言われてしまい、恥ずかしくなる。

「こうきくんはすごくかっこいいし、感じがいい？って、大人の人たちは皆言ってるから、わたしと二人で歩いていても変じゃないですよ」

「そうかな……」

青山はよく「可愛い」と言われる。しかし、それが果たして好意的な印象なのかというと、分からなかった。子供のころは「ガイジン」「女男」などと言って揶揄《からか》われた。今でも年相応に見られないことが多々あり、なんとなく馬鹿にした様子で話しかけてくる人間もいる。青山はどうしても、自分は他人から見て怪しい、信用できない部類の人間なのではないかと思ってしまう。

しかし、小学生がこれだけ気を遣ってくれているのに、なおおどおどしていたのでは大人として本当に情けない。青山はいつもより少し大股《おおまた》で歩いた。

佐々木事務所に上がる階段はかなり急だ。にも拘《かかわ》らず、エレベーターはない。以前、これでは老人の依頼者は来られないのでは、と青山が言ったところ、「私が担いで上がればいいでしょう」とるみは言った。その言葉通りるみは何人かの依頼者を背負って三階まで上がったことがある。驚いたのもそうだが、果たして身も心も強い彼女に自分が必要かどうか、と不安になった。

とにかく、そんな急な階段を、七菜香は一生懸命上がっている。

駆け足で上がって先回りし、ドアを開けてやると、七菜香はにっこりと微笑んだ。七菜香に続いて事務所に入ってから、

「先輩、ちょっと急なんですけど」

そこまで言って、青山は息を呑《の》んだ。

「敏彦さん……いらしてたんですね」

なんとか言葉を絞り出す。

片山敏彦。青山が知る限り、最も美しい生き物だ。

敏彦の美貌《びぼう》は、距離が離れていても一目で分かる。容姿の良い人間のことを俳優の誰それに似ている、と表現することはあるが、敏彦の場合、同程度に美しい人間もいないし、似通った顔の人間もいないので不可能だ。

敏彦の顔を見ると「明けの明星、暁の子」と聖書に記述のある堕天使ルシファーのことを思い出す。まさに「悪魔的」美青年なのだ。

青山は彼と何度か会い、るみとの仕事に同行させたこともあるが、何度見ても彼の美貌に慣れることはない。とにかく人種やら年齢やら性別を超越した美しさなのだ。見るだけで緊張してしまうので、正直少しだけ彼のことは苦手だ。容姿が（抜群に）良いというだけで苦手だと思ってしまうのは理不尽で、申し訳ないとは思っているのだが。

「久しぶり。半年ぶり？　みたいだね」

敏彦は少し首を傾げて微笑んだ。思わず目を逸《そ》らしてしまう。

見ると、七菜香も青山と同じのようで、顔を赤くして俯《うつむ》いている。

「天使みたい……」

七菜香は小声でそう呟《つぶや》いた。数々の宗教画を見ると、四大天使と呼ばれる言わば天界の広報担当的な役割を持つ存在以外の天使は異形《いぎょう》で、悪魔の方が人間に近く魅力的に描かれていることのほうが多いのだが、いずれにしろ敏彦の美貌はちょっと人間の領域を超えている、というのは誰もが思うことなのだろう。

「ちょっとちょっと、私を無視しないでくださいよ、傷付きます」

るみが視界を遮るようにソファーから立ち上がり、青山の前まで歩いてきた。

「こちらのお嬢さんは？」

「あっ、すみません」

青山は慌てて言った。

「横沢《よこざわ》七菜香ちゃん、依頼人です」

「こんにちは」

七菜香が深くお辞儀をした。

「丁寧なお嬢さんですね。珈琲《コーヒー》、紅茶、水道水しかありませんがこちらへどうぞ」

るみが七菜香の手を引いて誘導している。るみが子供にこのような態度を取るのは珍しかった。以前依頼人が小学生くらいの男子を連れてきたときなど、「話に入って来て邪魔なので外に出してください」と言い切った。当然依頼人は怒って帰ってしまった。子供が嫌いでも、七菜香ほど礼儀正しく品の良い子供ならば大丈夫なのかもしれない。

「俺、外した方がいいかな。ちょっと外で時間潰《つぶ》してくる」

敏彦が七菜香をちらりと見てから立ち上がった。

「大丈夫です……あなたも、専門家さんに用事があるんですよね」

七菜香は敏彦とは目を合わさずに言った。

「そう？　依頼人のプライバシーとかは」

「ご本人が大丈夫だと言っていらっしゃるのだからいいでしょう。でも正直、片山さんがいるとほとんどの人間は緊張してうまくおしゃべりできないので、あちらに座っていていただけますか？」

るみは窓際に立てかけてあるパイプ椅子を指さした。

「窓の外の風景でもお楽しみください」

「はいはい、わかったわかった」

敏彦は文句も言わず窓側にパイプ椅子を置き、青山たちに背を向けるように座った。

敏彦とるみは青山より何年か前から親交があったため当たり前なのかもしれないが、気の置けない友人や、もっと深い仲のようなやり取りをする。一緒に過ごしている時間は遥《はる》かに長いのに、青山はるみにとってはいつまでもちょっと残念な後輩なのだろうな、と思うと嫉妬《しっと》のような感情を覚えてしまう。

「青山君」

はっと顔を上げると、るみがじっと見ていた。

「どうしたんですか？　お茶を淹《い》れてくれないと困ります。私では罰ゲームのような代物しかお出しできないのですから」

「それはほんとにそう。罰ゲームとしか思えなかった」

敏彦が後ろを向いたままぷらぷらと手を振った。

青山は曖昧《あいまい》に笑ってからティーバッグを引き出しから取り出した。自分がお茶くみ要員でしかないことを突き付けられたような気がして情けなかったし、やはり敏彦とるみの何とも言えない距離の近さに嫉妬している自分も嫌だった。

「ミルクいる？」と聞くと七菜香が小さく頷《うなず》いたので、ミルクによく合うアッサムティーを濃い目に淹れる。七菜香はそれを一口飲んで、美味《おい》しい、教会の味だ、と呟いた。

るみが七菜香に優しい眼差《まなざ》しを向けている。青山に向けるものと同じだ。るみにとって青山は未《いま》だ「お行儀のよい子供」に過ぎないのだ。

七菜香は決心したように深呼吸した。

「あの、お姉さんは、専門家さんなんですよね」

「ええ、自分で言うのは少し恥ずかしいですが、心霊関係——幽霊だの妖怪《ようかい》だのオバケだの神様だの、そういうものを専門に仕事しておりますねえ」

「じゃあ、わたしの言うこと信じてくれますよね」

七菜香の手が震えていた。

「気のせいだとか、馬鹿みたいだとか、言いませんよね」

るみはしばらく黙ってから、手に持っていたドーナツを皿の上に戻した。

「気のせい……ということは本当にあるので、それは言ってしまうかもしれません。でも、馬鹿にはしませんよ」

るみは人差し指で自分を指さした。

「私も随分馬鹿にされて辛《つら》い思いをしましたからね。お嬢さんに同じ思いをさせることはあり得ません」

七菜香は安心したように微笑んだ。そしてぽつりぽつりと、「ハルコさんの夢」について話し出した。

るみは他の相談者にするように雑学を挟むことなく、黙って最後まで聞いていた。

「それで今、二日目、なんですけど……」

七菜香がそう言って言葉を切ると、るみは深くため息を吐いた。

「世間は狭い、とはよく言ったものですね」

「うん……」

ふと見ると、ソファーのひじ掛けに敏彦が腰を下ろしている。美しい生き物は正面から見なくても美しい。胸やけのするような美しさに耐えられなくなって、失礼にならない程度に視線を外した。

「俺も正直、ビックリしてる……」

すう、はあ、という呼吸音が何度か聞こえてから、

「これ、同じだ……俺が、襲われた場所と」

敏彦の声が震えている。

恐らく恐怖からなのだろう、早口で不明瞭《ふめいりょう》な敏彦の話をまとめるとこうだった。

敏彦は悪質なストーキング被害に遭っており、生きている人間の仕業ではないような怪奇現象まで起こっている。るみに相談したところ、強い力で呪われていると言われた。さらに、その怪奇現象が起こった場所は、七菜香の話すハルコさんの話に出てくる場所のうち六つと一致している。残りの一つ「あなたの家の中」だけは、まだ家の中で何かが起こるというような事態には陥っていないため違うらしい。玄関にいたずらをされることはあったようだから、玄関も家の中と捉《とら》えるなら完全一致だ、と敏彦は付け加えた。

「あの……あなたも」

「敏彦でいいよ」

「敏彦さんも、ハルコさんに襲われたんですか？」

敏彦はしばらく考え込んでから口を開いた。

「もしかしたら、そうかもしれない」

それじゃあ、と言いかけた七菜香を遮って、

「都市伝説がどうして広がっていくかご存じですか」

るみがそう言った。誰の答えも待たずるみは続ける。

「一つは故意に広められて、です。口裂け女や人面犬はメディアがどこまで口コミが広がるか実験するために故意に広めたものであるそうです。もう一つは、実際に元ネタがある場合です」

るみは手に持っていたタブレットの画面を三人に見えるようにくるりと回した。七菜香の話した七不思議の七番目、ハルコさんが探せと言った場所が全て打ち込まれている。

「これらは全部実在の場所ですね。最も分かりやすいのが教会――これは青山君のご実家、ポーリク青葉教会です。そうですよね？」

七菜香はるみの早口に圧倒されているようだった。恐らく都市伝説が～の件《くだり》はよく分かっていないだろうが、それでもなんとなく話の概要は摑《つか》めたらしく、ややあってから頷く。

「ゆ、夢でハルコさんに、教会って言われて……夢の中で、青葉池の前を通ったら本当にこうきくんの教会がありました。教会は真っ暗で、こうきくんも、パパさんもいなかったけど……ハルコさんは男の子を探してくださいって言うから……」

七菜香は再び目を潤ませて震えている。

「一生懸命探したけどどこにもいなくて……そしたら『あなたって本当にダメ、期待外れ、死んでほしい』って言われて……」

「偉そうな女ですね。頼みごとをする態度ではない」

るみがそう言うと、七菜香の表情がほんの少しだけ和らいだ。

「七菜香さん、七菜香さんが心配していたことにはなりません。私もこの二人もいい大人です。『小学校の誰か』には該当しませんから、あなたが話したせいでハルコさんとやらが夢に訪問してくることはないでしょう。仮に訪問してきてもぶっ飛ばしますけど」

るみがシャドーボクシングのような動きをすると、七菜香の口元がわずかに緩む。青山までほっとしたような気持ちになったが、るみは続けて、

「しかしいずれにせよ、七菜香さんは男の子を見付けられなかった。となると、今夜もその失礼な女は夢にやってくるでしょうね」

話を戻しましょう、と言葉を切ってから、

「このあたりで類似の事件があったかどうか調べていきましょう。これは僥倖《ぎょうこう》、一挙両得です。一度に七菜香さんと片山さんの事件が片付くかもしれない。私は事件資料など

探してみますので、今日は一旦《いったん》帰っていただけますか？」

「俺今日はこのあと何もないから手伝うよ」

大体いつもこうなる。青山が事の成り行きを見守っている間に色々なことが進み、何もできずに終わっている。

「じゃあ……七菜香ちゃん、帰ろうか」

七菜香は小さく頷く。

「わたし……今日もハルコさんに……」

「ああ、少々お待ちを」

るみがか細い声で呟《つぶや》く七菜香に声をかけた。

「こちらを寝るとき……だけとは言わず、ずっと身に着けているといいでしょう」

そう言って、自分の腕からビーズでできたブレスレットを取り外し、七菜香の腕に着けた。

「わたしの手首、あなたの腕くらいありますからねえ。紐《ひも》を通して首にかけてくれてもいいですよ」

「きれい……」

七菜香は指で色とりどりのビーズを撫《な》でるように触った。

「きれいでしょう。私の母が作ったものです」

「大事なものじゃないんですか？　こんな素敵なもの」

「とても大事ですよ。だから七菜香さんを守ってくれるのです」

でも、と言い淀《よど》む七菜香にるみは微笑んだ。普段の彼女からは想像もつかないほど慈愛に満ちた表情だった。

「とはいえ、気を付けなくてはいけません。私は上手な嘘が吐けない。だから、はっきり言いますが時間がありません。ミキさんでしたっけ、同級生の方のお話ですと、あと五日しかない。私はできるだけ頑張ります。だから、約束してほしいのです」

るみは七菜香の肩に手を置いた。

「六日目になって、そのとき私たちが何もできていなかったら――絶対にこの話を小学校の誰かにしてください。あなたみたいな子がひどい目に遭うのは耐えられない。お願いします」

口を挟めないほど真剣な声だった。七菜香は困ったように視線を泳がせたあと、るみに向かって弱々しく微笑んだ。

「できません。もしダメだったらそのときは、こうきくんとお祈りしてください。地獄に行かないように」

「そうですか……」

眼鏡が光を反射して、るみがどんなまなざしをしているのか分からない。

「それでは、青山君から、またご連絡します」

るみは七菜香の肩から手をどけた。慈愛に満ちた表情は完全に消え去っていた。

七菜香を先導して事務所を出るとき視線を感じて振り返ったが、るみも敏彦もタブレットを睨《にら》んでいた。

7

Blessed are the poor in spirit, for theirs is the Kingdom of Heaven.
心貧しい人は幸いです。天国は彼らのものである。
マタイ5－3、おそらくもっとも有名なイエスの教えのくだりだ。

青山は教員免許を持っていない自分が教師の真似事をしているような状態にいつまで経っても慣れないが、彼の心情に比して「聖書で英語を学ぶ」クラスは人気だ。

最初は子供向けの英語教室だけやっていたのだが、日中暇を持て余していて何か習い事を始めたいという主婦の信者や、退職しやるべきことが見付からないという年配の信者などからの要望を受けて平日の昼間に大人向けのコースも開設することになった。

姉の祥子は教員免許を持っていて教え方も非常に上手《うま》いのだが、何故か信者たちは青山に授業をしてほしいと言う。

理由は「見た目が白人《コーカソイド》っぽいから」だそうだ。

「ネイティブ？　っていうの？　そういう人に習った方が、なんか、ねえ」

祖父の代からポーリク青葉教会に通っている富岡《とみおか》はそう言っている。青山は全くネイティブではないのだから、やはり気分の問題なのだろう。同じレトルトカレーでも、パッケージに人気のキャラクターが描いてあると売れるような。能力が評価されているわけではないので、青山としては少し複雑な気分だ。

上達したい、という意思を持って通っている人は恐らくいない。彼らが求めているのは有益な暇つぶしだ。だから、決して不真面目な態度でもない。

「幸喜先生、質問があるんですけど」

「あっ、はい」

声をかけられて振り返ると、島本笑美が挙手していた。顔にぱらりとかかる黒髪をかき上げる様子がなよらかできれいだ。

「the poor in spirit って、直訳すれば心の貧しい人ですけど、心の貧しい人って日本語だと意地悪な人とか、そういう意味ですよね？　どうして天国が意地悪な人のものなんですか？」

英語とは直接関係のない質問だが、この疑問自体は当然のものだ。幼少期の青山も同じことを考えた。

この疑問を解消してくれたのがユージーン・ピーターソンという牧師の書いた「The Message : The Bible in Contemporary Language」という書籍だ。これはヘブライ語やギリシャ語の聖書の原典を英訳したもので、現代人にとって聖書を理解するうえで非常に分かりやすい資料だ。そこでは直訳の「心貧しい人」ではなく「進退窮まった・追い詰められた人」と訳してある。

青山は笑美にピーターソンの受け売りだが、そのようなことを解説した。

「この後に Blessed are those who are persecuted because of righteousness, for theirs is the kingdom of heaven……義のために迫害されてきた人は幸いです。天国は彼らのものである。という言葉があるのですが、要は天国は辛《つら》い思いをしている人間のためにこそ用意されているというような」

「ちょっと、脱線しすぎ。全然英語の話じゃないじゃない。島本さん、質問なら授業の後にやってよ」

専業主婦の下田《しもだ》が鋭い口調で言った。彼女はほぼ毎日教会を訪れる熱心な信者なのだが、どうも笑美に対してアタリがきついところがある。

「幸喜先生も美人だからって贔屓《ひいき》しないで」

「そういうわけでは」

下田が大げさに顔を顰《しか》めている。実際島本笑美はかなりの美人だ。伏し目がちで潤んだ瞳《ひとみ》と腰まで伸びた艶《つや》やかな黒髪。体は曲線的で、男性にとっての「理想の女性」を体現したような容姿をしている。

青山は幼い頃からあまり美醜を気にしない方だった。清潔感はあった方が良い、程度の認識だ。今まで付き合ったり好意を持ったりした女性も、容姿に一貫性はないが、知識が深く話が面白い人しかいない。笑美のことは「容姿が整っている」とは思うものの、恋愛対象として魅力的だ、と感じたことはない。しかし、「美人だからって贔屓しないで」と聞いた瞬間、なんとも気まずい思いがした。

「美人だからって」と聞いて青山の頭に浮かんだのは、笑美ではなく敏彦のことだった。

青山は美醜で人を判断するのは間違っていると思っている。美しい人を魅力的だと感じるのは仕方のないことだが、容姿の優れない人間にひどい扱いをする人間や、あからさまに美しい人だけを優遇する人間などを軽蔑《けいべつ》している。しかし、敏彦の顔を見ると、そういう人間を軽蔑するような資格は自分にないのではないかと思う。

彼のことを特別扱いしない人間などいるのだろうか？

敏彦と気の置けない間柄であるるみでさえ、時折「じっと見られると照れてしまいます」などと言う。

青山は敏彦のことがただただ恐ろしい。彼は青山のことをなんとも思っていないだろうが、青山はそこに立っているだけで敏彦のことを意識してしまう。彼にも少なからず伝わっているかもしれない。そう考えるたび、申し訳ない気持ちが溢《あふ》れる。

「ふうん、天国って、私たちのためにあるんだ……」

囁《ささや》くような笑美の声で、青山はハッと我に返った。

笑美は下田のことなど気にしている様子はなく、うっすらと微笑んでいる。

「このBlessed areは倒置的に使われていて、The poor in spirit are blessed. とすれば普通の文として――」

笑美の奇妙とも言える上機嫌な様子が気になりながらも、青山は授業を進めた。頭の中では、全く別のことを考えている。どうしたら七菜香と敏彦が悩まされている怪異「ハルコさん」をどうにかできるか、だ。

るみは「調べ物がありますから」とだけ言って事務所を空にしている。青山一人では何ができるわけでもなく、事務所に行ったところで掃除と依頼の確認くらいしかやることがないだろう。つくづく自分には何の能力もない、と痛感する。

何の意味もない思考を繰り返しながらなんとか授業を終えて、信者たちが帰っていくのを見届ける。

「幸喜先生は良い人だから大丈夫ですよ」

突然耳元でそう聞こえる。

笑美だった。談話室にはもう彼女しか残っていないようだった。

それは一体どういう意味ですか、と問う前に、笑美は手を振って歩き去ってしまった。

彼女は初めて会った時とはまるで別人だ。

笑美と初めて会ったのは、彼女が囚《とら》われていた宗教団体の施設だった。教組の少年に隠れるように立っていて、「私はブスでバカだからこの人にしか愛してもらえない」という意味のことを声を震わせて言っていた。彼女は長い間実の兄に性的虐待を受けていて、自信や尊厳をへし折られていたのだから無理もない。

しかし、体型を隠すようなオーバーサイズの服を着て陰気な雰囲気を纏《まと》っていた彼女はもうどこにもいない。いかにも高級そうな服で全身を固め、胸を張って歩いている。つい先週、下田に「性風俗で働いている」ことを理由に嫌味を言われたときも、笑顔で「愛を与えるお仕事です。あなたもやってみれば分かるはず」などと言い返していた。そのときは青山の父が割って入って、職業に貴賤《きせん》はないと諭していたのだが——ほんの数か月でここまで変わってしまったことに青山は驚いていた。

「先輩、彼女に何か言ったんですか？」

彼女を宗教団体から直接的に救い出したのははるみであるから、そう聞いたこともある。るみは首を横に振って、

「私は一切連絡を取っていませんから。正直、彼女がこのあとどうなろうと、どうしようもない。もし良い方向に変わったと感じるなら、青山君のおかげでしょう」

青山だって何もしていない。ただ、笑美の近況を聞き、もし何か話したいことがあれば教会に遊びに来てください、と誘っただけだ。最初はやや不信感を持っていたようだが、今では「幸喜先生」と呼んでくれる。彼女のいた宗教団体は、キリスト教をベースにした新興宗教を信じていたので、単純に興味を持ったのかもしれない。

青山は笑美の事件について思い返し、

「あっ」

思い出した。むしろ、どうしてそちらに気が回らなかったのか分からなかった。

青山は教材を片付けて、急いで事務所に向かった。

8

物部斉清は、四国に住む拝み屋の青年だ。

四国といっても、高松《たかまつ》や松山《まつやま》のような都市部ではない。

物部がいるのは山の斜面にへばりつくように存在している集落だ。彼はその集落の、全く舗装されていない山道を、驚くほど滑らかに車椅子で走る。そう。彼は車椅子に乗っている。腕から先と、膝《ひざ》から先が欠損しているためだ。七年前調伏しようとした強大な怪異に取られてしまったせいだ。彼は、「なんでもできると思い上がった結果」としてこれを受け入れているようなのだが。

物部は独特の、摩訶不思議《まかふしぎ》な色の美しい目を持っている。華奢《きゃしゃ》な体軀《たいく》で、さらに車椅子に乗っていて立っている人間より目線が低いのだが、見つめられるだけで委縮してしまうような雰囲気がある。

口調は傲慢不遜《ごうまんふそん》としか言いようがなく、強い訛《なま》りの土佐弁で話す。だから、余計にきつく感じられる。

いかにもただならぬ雰囲気を醸し出している物部だが、実力も折り紙付きであり、ニヒリストのるみをして「最終兵器」と言わしめ、また、物部の断った依頼をよそへ持っていくと、この業界が長い者であればあるほど「斉清さんに無理だったらうちでも無理ですね」と言って断るそうだ。

それに、実のところ、物部ほど優しい人を青山は知らない。物部が厳しいのは口調だけだ。人のことも、人ならざる者のことも、尊重しているのは普段の行いから分かる。そもそも彼が四肢を失ったのも、土台無理だと分かっていた案件を、小さな女の子を救うために引き受けてしまったからだった。

物部は自分からはそんな話をしない。わざと嫌われようとしているのではないかと思えるくらい、その傲慢な態度を崩さない。

では、なぜそんなことを青山が知っているのか。

青山が初めて物部と会ったのはさかのぼること数か月前だ。別の案件を依頼するため、るみと連れ立って頼みに行った。

そこで青山は、物部の驚異としか言いようのない能力を目の当たりにした。

物部は一言、二言囁くだけで怪異を調伏した。さらに、青山はそのとき、祖父の死が受け入れられず、ずっと胸に鬱屈《うっくつ》とした感情を抱えていたのだが、物部は一目でそれを見抜き、死者である祖父を呼び起こした。青山はそれによって、自分の中の後悔をいち段落させ、前に進むことができた。それだけでもいくら感謝してもしきれないというのに、物部は青山に「お守り」を授けた。「お守り」は目には見えないものだったが、確実に機能していて、一般的にお守りに求める「神頼み」程度の効能を大きく逸脱しているような気がする。それ以来、心霊案件の仕事のときも、青山は危険な目に遭うことが極端に少なくなったのだ。

そしてさらに、もうひとつ副産物がある。青山の頭は、時折物部と繋《つな》がるようになった。

それは、時も場所も関係なく起こる。物部の視界が青山の視界に重なるように映し出されるのだ。「お守り」を受け取った影響以外考えられない。突然映し出される見たこともない場所や会ったこともない人、全く干渉できないのに進んでいく出来事には、当然驚き戸惑った。本当に一切前触れもなく起こるので、人と話しているときにも勿論《もちろん》起こり、精神科に行くよう勧められてしまったことさえある。当初は物部の見ている光景だということも分からなかったのだ。しかし、何度も続くと徐々に慣れてきた。一回一回は長くても十分はかからないことも良かった。人と話しているときに起こったら、トイレに行くなどと言って一人になるようにしている。さすがにミサの最中や、授業中に起こるのには難儀したが、それも慣れてしまえばどうとでもなった。今では少し楽しみですらある。なぜなら、物部の視界を通して見る情景はほとんどいつも優しいものだからだ。

気にはなるので一度だけこのことについて直接聞いてみたことがある。そのときの彼の反応は、「はぁ？　知らん、ほんななんちゃじゃない《そんなどうでもいい》ことで電話しなや」という冷たいものだった。

しかし、彼が冷たいのは口調だけなのだ。青山と物部は、今では一週間に一回は必ずやり取りするくらいの仲になっている。

笑美の事件について考えたとき、物部の存在を思い出した。直接事件を解決したのはるみだが、物部が与えたヒントが糸口になったことはるみ本人も認めていて、感謝していた。本当にどうして思い出さなかったのか自分でも不思議だった。物部が本当に力のある人間だというのもそうだが、何より彼の流派は「呪い」に関しては十八番《おはこ》だ、と本に書いてあったのだ。

今回はいつもの友人として（物部がどう思っているかは別として、青山は彼のことを友人のようなものだと認識している）の雑談ではなく、れっきとした仕事の依頼ということになる。だが、青山は物部が快く引き受けてくれることを確信していた。彼はとても優しい男なのだ。前回も直前まで渋っていたのに、結局は尽力してくれた。

物部は一週間前、大きな仕事を終えたと言っていたから、タイミング的にも悪くはないはずだ。青山は事務所に戻ってきたるみにそのことを説明して、

「物部さんに相談してみてもいいですか？」

るみの右眉《まゆ》がかすかに動いて眉間《みけん》に皺《しわ》を作る。

「ダメですか……？」

「ダメなことは、ないですけれど」

「お金の問題だったら、僕の貯金から出しますし」

「お金の問題ではなくてですね」

るみはしばらく何か言いたそうに口を動かしていたが、やがて小さく溜息《ためいき》を吐いた。

「まあ、大丈夫でしょう」

私から電話をしましょうか、というるみの申し出を断って、青山は物部に電話を掛けた。こちらのことが見えているかのように2コールも待たず物部は電話に出た。

「こんにちは、物部さん、今大丈夫ですか？」

いつも物部は電話に出てもうんともすんとも言わないので、青山が挨拶《あいさつ》するのが慣例になっている。

「おー、やりゆうかよ《元気にしている》」

青山は後悔した。今大丈夫ですか、と言ったものの、どう考えても大丈夫ではないのだ。電話越しに、大勢の男女のはしゃいだような声が聞こえる。きっと彼は今何らかの会合に出席している最中なのだ。

「ごめんなさい、掛け直しますね」

「えいえい、こんまま話そや」

最初に会った時よりも、明らかに物部の態度は軟化していて、青山と話すときの声色は中学生の少年のようだ。実際、物部は自分より三歳下なので、弟がいたらこんな感じなのかもしれない、と思うこともできて青山は少し嬉《うれ》しい。

「じゃあ、あの、話しますけど」

青山はことのあらましを話した。物部はふんふんと相槌《あいづち》を打ちながら聞いている。

先ほどまであんなに恐ろしかったが、物部と話していると安心感が生まれてくる。

実際に体験したことだけでなく、物部の武勇伝的なものもるみから聞いたことがあるし、断片的に視界に映る光景でも分かる。物部が普段相手にしているのは神仏とでも言うべきもっと恐ろしい怪異だ。

彼なら、この程度の事件はすぐに解決してくれるだろう。直接は無理だが、前回のように有益なきっかけを作ってくれるはずだ。物部はまだ何も言っていないのに、一方的に話すだけでどんどん期待が高まってくる。

「なので、どうしたらいいかなって、思うんですけど」

スピーカーからは何も聞こえない。もしかして途中で切れてしまったのかと思い耳から離してみても、画面には「通話中」と表示されている。

「あの、物部さん……？」

『聞いとるわ』

あまりにも冷たい声だった。いや、冷たいとも違う。乾いた、の方が正しいかもしれない。先ほどまでの安心感は一気に消え失《う》せる。もしかして、知らず知らずのうちに失礼なことを言ってしまったのではないだろうか。しかし謝罪しようにも、何が彼を不快にさせたのか分からない。

青山が次の言葉を探しているうちに、

『青山くん、えいとこだけ見とるんじゃないかね』

「良いところ……？」

『君のこと好きやけん、俺もこやっておっこうな話に付き合《お》うちょるわけやけど』

「感謝してますよ」

青山は慌ててそう言った。

もしかして物部は、お前は俺の厚意に胡坐《あぐら》をかいている、と暗に指摘しているのかもしれない。

思い返してみれば、その通りだ。

青山は「本来物部への依頼料は相談だけでも十万二十万の単位ではない」とるみから聞いたことがあった。彼は手足が使えないことで一線を退いたと自称していて、今はほとんどお金を取っていないようだが、あくまで善意から、なのだ。

物部の目を通して見た依頼者は、皆老人や子供など、お金を払う余裕がなさそうだが、本当に困っている弱者だった。

青山は成人していて、男性で、裕福というわけではないがそのような人々とは全く違う。そんな自分が彼の技術と経験をあてにして、友人だからという理由で気安く相談に乗ってもらうのは、どう考えても失礼だろう。

「勿論、報酬もお支払いします。きちんとそういう話を最初にするべきでしたね、ごめんなさい。僕、物部さんと仲良くなって、友達って感覚が抜けなくて……」

『ほうやなくてな』

ぎゃははは、という大きな笑い声で物部の声がかき消される。

男の声か女の声か分からない。とにかく大騒ぎだ。物部は大丈夫だと言ったが、彼は若い男性だ。こんな電話より、仲の良い人々との宴会を優先させたいに違いない。

「やっぱり一旦《いったん》切ってかけ直しますね」

『やかましいき黙っちょれ』

物部が低い、よく通る声で言った。スマホを隔てているのに体が震えるような威圧感だった。さっきまで大盛り上がりしていた宴会の一団も、一瞬で静まり返る。

最初に報酬の話をしなかった失礼に加えて、それに対してぐちゃぐちゃと言い訳をしすぎてしまったのだ。だから、物部を怒らせた。

「すいません……」

青山の声は情けないほど震えていた。

しばらくして、耳元でふう、とため息が聞こえる。

『あー……あー、すまんな、青山君に言うたんじゃないがです』

物部が小さな声で言った。また、元の優しい声色に戻っている。がさがさと布のこすれるような音がした。わざわざ宴会場から移動してくれたのかもしれない。そうだとしたら、ますます申し訳ない気持ちになる。

『じゃらじゃらやかましいき、のせんねや《どうしようもない》』

「は、はあ……」

のせんねや、の意味も分からず、青山はなんとなく相槌を打つ。なんにせよ、青山に対する怒りではないようで安心した。本当は優しい人だと分かっていても、彼にはやはり人を怯《おび》えさせるほどの迫力があった。

『ほうや、えいところだけ見とるゆうんは、ほういうことではないがです。君のえいとこって、優しいとこなんよ。じゃけん、俺も君に色々見られても気にならんし、ちゅうか、そうなるようにしたん俺やき』

「ええ、そうなんですか……」

物部の言葉を自己流に解釈するなら、つまり、時々起こる物部との視界の共有は、彼自身が望んでやっているということになる。相変わらず、想像の範疇《はんちゅう》を大きく超えた驚異の能力には驚かされるが、それよりも疑問があった。

視界の共有なんて、プライバシーを盗み見られているのと同じだ。誰でも隠したいことの一つや二つあるだろう。物部が見せたい瞬間だけを見せているとは思えなかった。青山は物部と彼の母親が言い争っているところや、ぼんやりと虚空を眺めているところ、あまつさえ、彼の恋人と思われる女性と彼の性行為まで見てしまったことがある。

青山は物部のかなりプライベートな部分まで見てしまっているのだ。普通はこんなこと、嫌がるに決まっている。

青山の声の調子から言いたいことを悟ったのか、

『別に君に見せて楽しむとか、ほういう趣味があるわけと違うよ』

物部は少し慌てたように言った。こういうところは年相応という感じがしてかわいらしい。

『俺の目ぇ通して、色々見ゆうやろ』

「はい、とにかくいつも、物部さんはすごいなあと」

『えいところだけ見ゆうやろ』

コツコツと音がする。恐らく、物部が指でマイク部分を叩《たた》いているのだ。

『なんで、ほんなん言えるん？』

物部は嘲《あざけ》るような声で、

『なんぼゆうたち、どうしたって、うまくいかんことばっかりやったが』

「そんなこと……」

『あるがやろ』

物部がそう吐き捨てると、突如激しい頭痛が襲った。とても目を開けていられない。口から蛙が潰《つぶ》れたような声が漏れる。しかし抑えられない。瞼《まぶた》が勝手に落ちる。頭痛などという生易《なまやさ》しいものではない。脳内で大量の火花が散っているような感覚とともに、様々な映像が青山の頭の中に流れ込んでくる。

全身火ぶくれのような痘痕《あばた》で覆われた女性。赤ん坊の人形。鱗《うろこ》の生えた顔。足を引き摺《ず》って歩く少年。割れた墓石。動かない腕。四《よ》つん這《ば》いの少女。山から下りられない。森をさまよう黒い影。眠ったまま大きくなった子供。誰も救えない。誰かが身を投げた谷底。動かない足。唾《つば》を吐いて去って行く老人。謝っても時間は過ぎていく。止まない雨。家中にぶら下がる電気コード。模様で埋め尽くされた壁。微笑む女。何もできない。何もできないから、こんなことは終わりにしたい。

　こんなことは終わりにしたい。こんなことは終わりにし

たい。こんなことは終わりにしたい。こんなことは終わりにしたい。こんなことは終わりにしたい。こんなことは終わりにしたい。こんなことは終わりにしたい。こんなことは終わりにしたい。こんなことは終わりにしたい。こんなことは終わりにしたい。こんなことは終わりにしたい。こんなことは終わりにしたい。こんなことは終わりにしたい。こんなことは終わりにしたい。こんなことは終わりにしたい。

『なあ』

物部の声が遠くから聞こえる。

ドン、と肩に強い衝撃を感じた。青山は激しく咳《せ》き込んだ。るみが横に立って、険しい顔で青山を——いや、電話の向こうの物部を睨《にら》んでいるように見えた。

「こうなるから嫌だったんです。どうせ、変なことしていると思いました。あなた、何様のつもりですか！」

るみが怒鳴った。ここまで感情を露《あら》わにするるみを見るのは初めてだった。

『俺と青山君が話しちゅうき、余計なこと《よけいなこと》ようだい言わんで座っちょりよ』

物部の声はよく通る。未《いま》だ、青山はスマホを耳に当てたままだが、るみにも聞こえている。

「私が貴方《あなた》の言うことを聞く必要がありますか」

るみは全く引き下がる様子はなかった。

「彼はうちの者です。そっちこそ、余計なことはしないでいただきたい」

ははは、と物部は自嘲《じちよう》気味に笑った。

『すまんな、なやしがないいき、融通が利かない《ゆうずうがきかない》、こういうやり方しかできんのじゃ』

るみはしばらく立ったまま眉根《まゆね》を寄せていたが、やがて諦《あきら》めたようにソファーに座った。それが見えているかのように、ふたたび物部は口を開く。

『なんでもできるち、思っとるんやないがですか』

青山は、つい先ほど脳内に流し込まれた悪夢を思い出した。

あれは、確かに青山も見たものだ。見ないようにしたものだ。ないものとして扱ったものだ。

物部が――物部でさえ救えなかった人がいるなんて、信じたくなかった。

「すみません」

青山は震える声で言った。

「物部さんはつらい思いをして色々見せてくれたのに、そういうの見ないふりして、何でも頼ってしまって……」

『まだ伝わっとらんようですね』

突き放した言い方だったが、厳しさは感じない。諦めたような雰囲気でもなかった。

『俺のことやないがです。君も、るみちゃんも、なんでもできるち思ったらいかん言うとるがです』

「僕はまだしも、先輩は……」

『俺からしたらおんなじや。できもせんことに』

物部は途中で言葉を切って、

『ああ、るみちゃんは違うわ。君よりずっと冷静やき。本当にできんことはやらんようにしとるし、やりたくないことはやってないちや』

真意を測りかねて青山は黙るが、物部は気にした様子もなく続けた。

『俺らみてえな仕事のできることち言うんは、少ししかないき。のせんねや。諦めるしかないことの方が多いです。それでも』

鈴の鳴るような、きらきらとした音が聞こえた気がした。頭がくらくらする。しかし、不快ではない。

『それでも……なんもできんでも、なんかやりたい言うんじゃったら……その子は、印が付いとるけん、見落としたりなや。それを辿《たど》っていったら、なんかしら見つかるはずじゃ』

「へ？」

突然、解決策のようなことを言われて、青山はぼうっとした頭を慌てて正気に戻そうとした。その子とは、おそらく七菜香のことなのだ。

「印っていうのは、その……夢で見ているハルコさんの呪いが、本当に彼女に影響を及ぼしているということですか」

『寝ちょるのも、起きちょるのも、同じっちゅうこと』

「それって、胡蝶《こちょう》の夢のことですか」

胡蝶の夢とは、中国の思想家荘子《そうし》の「斉物論」の故事で、ある男が、蝶になって飛び回る夢を見る。蝶の視点で、横になって寝転がっている自分自身の体が見える。もしかして今の自分は蝶になって飛んでおり、人間として生きていることこそが夢なのではないだろうか——というものだ。荘子は、どちらが夢でどちらが現実かということはなく、その場その場で自分が生きている世界が現実になる、と説いている。

『はあ？　なんじゃそら。俺勉強できんから、難しいことは分からん』

物部はそう吐き捨てた。

『俺はもうどもこもできん、君も関わらんほうがえいと思う。嫌なんよ。でももう、好きにしたらえいがやないろうね』

もう少し教えて欲しい、と言いかけて青山は諦めた。物部はこの案件は厄介だから、関わり合いになりたくない、と言っているのだ。そんな中、ヒントをくれただけでもありがたいではないか。それよりも。

青山はありがとうございます、と礼を言ってから、

「あの、さっき言ってたことですけど」

静まり返っていた電話の向こうが徐々にまた活気を取り戻しつつある。

「るみ先輩は、やりたいことだけやってるわけじゃないですよ。恩に着せるようなことはしないけど、自分を犠牲にしてでもやってくれる人です。尊敬してるんです。物部さんも、同じ」

そこまで言って青山は黙った。物部が笑っている。

最初は気付くか気付かないかくらいの忍び笑いだった。しかし、徐々に声が大きくなり、今では声帯が爆発したかのような耳障りな声で笑っている。

「物部さん、何を……」


青山は蹲《うずくま》った。また頭痛がした。またきっと、あの地獄絵図にも似た、物部の体験が脳に流れ込んでくるのだ。そう思ったが、違った。青山は今、いたって普通の和室に一人で座っている。

手足に違和感を覚えて動かしてみようとしても、何の感触もなかった。目を落として、気付く。これは義手だ。義足だ。

『青山君、何が見えゆう?』

自分の口から出ている声だ。

『なあ』

何か言おうとしても息一つ自分の思うようにはならなかった。物部の声が体を通ってくわんくわんと響く。

『何も見えんじゃろ』

おかしい。

絶対におかしい。

何も見えないのはおかしい。

今もずっと、四方八方から声が聞こえるのだ。

心底楽しそうに盛り上がる大勢の大歓声が。

『見たいか？』

いらない。見たくない。

『見たいがじゃろ？』

嫌だ。もう帰してほしい。

『なあ』

じわじわと、虚空に像が結ばれていく。

『なあ』

最初に見えたのは、無数の手だ。大量に蟠《わだかま》って、うねっている。いくつもいくつも、救いを求めるように体を這《は》いまわっている。

悲鳴を上げることはできない。目の前に、女がいる。艶《つや》やかな黒髪が鼻先をくすぐる。笑っている。彼女に気付かれてはならない。

ずるずると、何か黒いものがそこらじゅうを這いまわっている。

天井に臓物の噴き零《こぼ》れた少女が張り付いている。大勢の男が正座をして熱心に祈っている。女の口から何かが這い出してくる。虫だ。大量の虫だ。顔だけ人間の赤ん坊の虫だ。柱に見えるのは顔だった。年齢も性別も分からない、大量の顔が折り重なって柱に見える。苦しんでいる。

『なあ』

目の前の女が振り向いた。顔が溶けている。

『誰やち、死にたいわ』

死にたい。

こんな思いをするくらいなら死にたい。ずずずずず、と這い回っている。

顔の溶けた女がさもおかしそうに顔を覗《のぞ》き込んでくる。

『やりたいわけないがじゃろ』

地獄だった。

――とおやまの――

歌が聞こえてくる。

『なあ』

ごめんなさい。

――ななつのいしをあつめて――

『お前、あの女に騙《だま》されとるよ』

知らなかったんです。

──ななつのいしのそとばをたてて──

『お前のことも、周りのことも、考えとるわけないがじゃろ』

あなたがこんなに辛《つら》い思いをしていたなんて。

──はらみむ　はらみむ　まもおす──

『あんなぁに、ほんな余裕あるわけないがじゃろ』

ああ、もう駄目だ、気付かれた。女が首に手を回してくる。腐り落ちた口とも呼べない空洞から、息が漏れている。

ふうー、ふうー、と聞こえる。

泣いているのか、笑っているのかも分からない。

『のうがわりい』

バチン、と頬に強い衝撃が走る。その衝撃で青山は床に倒れ込んだ。

るみが右手を振り上げて立っている。るみの姿を視界に入れた瞬間、涙が溢《あふ》れてきた。

腕に縋《すが》りつきたい気持ちをこらえて、青山はなんとか立ち上がり、ソファーに腰かける。

手に持っていたスマートフォンの画面は黒くなっている。電話はとっくに切れていた。

「あの男」

るみが低い声で言った。

「いえ……物部さんと、何を話したんですか」

青山は今見たことを言おうとして、思い直す。

『あの女に騙されとるよ』――これがどこか引っかかった。るみを疑うことなんて、あり得ない。るみはこれまで何回も、青山を助け、口では厳しいことを言いながらも、人助けに積極的だったのだから。それでも。

物部でさえどうにもできないことがある。物部の感じた無力感。そして先程まで見ていた地獄のような光景。無力感と苦痛の連続。あれが物部の日常なのだ。まざまざと思い知らされた。

正直、物部がどうして自分にあのようなものを見せたのか、青山には分からなかった。しかしきっと、彼は青山に何か伝えたいことがあったのだ。あんな手段を取ってまで。

物部は嘘を吐かない。だから。

「いえ、一瞬視界が真っ暗になって……」

「そうですか」

大丈夫ならいいのですけどね、とるみはおどけた調子に戻って言った。

なぜかるみの顔が見られなかった。

第四章　見ない

1

敏彦は自分の取ったメモを見ながら歩く。

青葉池の前の道を通って、教会の中を探してください、と言われます。

この教会はポーリク青葉教会だ。

北口公園のジャングルジムに上って、公園中を見渡してください、と言われます。

この公園は、鉄砲洲《てっぽうず》通りにある児童公園のことだ。屋根の付いた大きなジャングルジムがあるのは近くにはこの公園しかない。青葉南小の北口門から近いことから児童や保護者にはそう呼ばれているらしい。

歩道橋を上がってから、右から三番目の階段の下を探してください、と言われます。

塾からバス停までを繋《つな》ぐ、敏彦が転がり落ちた歩道橋だ。確かに階段が全部で八本ある。

区民センターの裏手にある、大きな駐車場を探してください、と言われます。

これは恐らく今回の事件を相談しに行った警察署の傍にある建物のことだろう。正確に言うと区民センターではなく、各種手続きを行う出張所が建物の一階にある。

大正通り沿いのコンビニの前を探してください、と言われます。

青葉南小学校から十五分ほど歩いた場所にあるコンビニだ。塾と小学校のちょうど中間地点にある。

シエル洋菓子店の裏道にある、水道管に沿って探してください、と言われます。

シエル洋菓子店は三か月前に閉店してしまった。所謂《いわゆる》居抜き物件というやつで、その前はサンドイッチ専門店だった。非常に移り変わりが激しく、今度はハンバーガー店がオープンした。やはり塾の傍にある。

すべて黒髪の女の怪異に遭遇した場所だ。

とにかくこの六つの場所さえ避ければ怪異に遭うことはないかもしれない、と敏彦は言ったが、るみは賛同しなかった。

「確かに七菜香さんとあなたの悩まされている問題は驚くほど共通点があって近い。でも、完全にそちらにだけ決め打ちしない方がいいですよ。そもそも、電車の中であったことや、あなたの同僚の女性がおかしくなったことなどは、七菜香さんの問題とは全く関係ないと言えるのでは？　用心は大事ですので、それらの場所を避けた方がいい、ということだけなら同意します」

それもそうだ、と敏彦は頷《うなず》いた。

七菜香の怯《おび》えた様子や、場所が一致したことで冷静さを失っていたかもしれない。

そもそも、「一致した」というのも思い込みかもしれない。

例えば、「ふと時計を見るといつも特定の時間が表示されている、この時間には何か意味があるのではないか」と考える人はよくいる。これは一般的にバーナム効果――つまり、占いで、誰にでも該当することを言われているのに、自分だけに当てはまっていると思い込む現象――これと似たような心の動きから生まれる思い込みである、と言われている。

それと同じで、敏彦は確かに「ハルコさん」の話に出てくる全ての場所で黒髪の女の怪異に遭っているが、そもそも全ての場所は生活圏内にある。たまたま話と一致したがために、その六つが強く印象づいてしまっているだけかもしれないのだ。

実際、るみの言う通り、話には出てこない場所でも怪異に遭遇している。

「ハルコさん」、つまりイジメに遭い自殺した息子を探している母親、というのは敏彦をストーキングしている派手な女とはどうも結びつかない。

怪異方面の話はるみに任せ、あくまで現実的なアプローチに徹した方が良いだろう。

そもそも、全ての地点が敏彦の生活範囲にあって、避けることは不可能なのだ。今だって、三好に貰《もら》ったデータを持って、警察署に向かっている最中だ。

この近くの建物で怪異にあったのは数日前だ。後ろ向きに俯《うつむ》いている女がいて、早足で通り過ぎようとしたがその瞬間に振り向いて追ってきた。暗闇で顔はよく見えなかったが、恐らくはあの女だろう。敏彦が体験した怪異というのは呪詛《じゅそ》返しの札の効果もあるかもしれないが、このように特に生命の危険に直結するものではない。しかしもうその札は細切れになってしまったのだから、今後はどうなるか分からない。

るみにそのようなことを訴えると、ロザリオを投げてよこした。青山が事務所に置いて行ったものだという。

「彼はプロテスタントの人間だからロザリオは使わないんですよ。ロザリオはカトリックの人間が使う祈りの道具ですから。でも、彼、結構大事に持ち歩いていましてね。ヴァチカンでおじいちゃんと買った思い出の品だとかで……とは言え、複数持っているみたいですし、最近は置物にしているようですから、持って行ってもバレない、バレない」

ものを投げて渡してはいけません。

人のものを許可なく持ち出してはいけません。

などとるみに言っても通じないだろう。

そもそも、このロザリオに呪詛返しの効果があるとは思えない。青山の存在に説得力がないのだ。

青山は間違いなく善人だ。それは誰もが認めるところだろう。彼ほど気遣いのできる優しい人間は見たことがないし、彼と過ごすと心が癒され、体調が良くなる気がする。

しかし、そういった方面で頼りになるかというと、違う。どう考えても善性の低いるみの方が信頼できるのだ。

七菜香には自分のブレスレットで、こちらにはその辺にあったものなんて、不公平さを感じる。るみは子供に優しい女でもなかったはずだから、奇妙なことだ。

とはいえそこで駄々をこねても仕方ないので、敏彦は一応礼を言ってロザリオを首にかけた。キリスト教は信仰していないが、ヴァチカンの聖なる力を信じるしかない。

周囲を必要以上に確認しながら警察署に入り、生活安全課の亀村を呼び出す。

やってきた亀村は敏彦の顔を見てわざとらしくため息を吐いた。横にいる年若い警察官が亀村を窘《たしな》める。亀村が着席するのを待たずに敏彦は言った。

「告訴状出しませんでしたよ」

「何がおっしゃりたいんですかねえ」

「亀村さんにありがとうって言われたかったのかもしれません」

亀村は訝《いぶか》しげな表情で敏彦を見つめている。

「ていうか、亀村さんとだけ話したいんですけど」

若い警察官は明らかに戸惑っている。それは亀村も同じかもしれない。ただ年季が長い分、感情を表に出さないだけだ。

「ダメですか……？」

目をじっと見つめて、少し首を傾げてみる。

三十一歳の男がおよそやらない媚《こ》びた少女のような仕草だ。しかし、敏彦には許される。

亀村は咳払《せきばら》いして、若い警察官に出ていけのジェスチャーをする。彼はしばらくぼうっとした表情で敏彦を見つめていたが、亀村に膝《ひざ》を叩《たた》かれて、慌てた様子で退室した。

「話というのは何ですか」

亀村の指が震えている。拳《こぶし》を強く握りこんでいるからだろう。

「こんなことをしても何か特別にするということはありませんよ」

「こんなことってなんですか？」

敏彦が少し身を乗り出すと、亀村はあからさまに目を逸《そ》らした。

「監視カメラもついているんですからね」

「ええ、分かってますよ」

敏彦は監視カメラに向けて笑顔を作った。

「な、何かお話があるんでしょう」

敏彦は鞄《かばん》からＵＳＢを取り出し、机の上に置いた。

亀村はＵＳＢと敏彦の顔を交互に眺めている。

「この中に、犯人の顔が入っています」

「は、はあ？」

敏彦は淀《よど》みなく説明する。

「家の前に使用済みの生理用品が張り付けられていたんです。経血がべったりくっついていましたから、そこから犯人の顔を割り出しました」

「な、なんでそんな、大事なことを、何も言わないで……」

「自分にできることをやっただけですよ」

亀村は頭を掻《か》きむしって唸《うな》り声をあげる。そしてしばらくして落ち着いたのか、敏彦の方に向き直った。

「いや、いやいやいや……冷静に考えたら、あり得ない。そんなことができるわけがない。生活安全課で門外漢だから適当なことを言って騙《だま》そうとしたんでしょうが、鑑識に聞けばすぐに」

「信じてもらえるとは思っていません」

亀村の視線を捉《とら》える。手を伸ばすと、簡単に彼の袖口《そでぐち》を掴《つか》むことができた。敏彦はそのまま手首に指を這《は》わせて、弛緩《しかん》して開いた手掌《てのひら》を押さえた。

「でも、本当です。この中の映像の女が犯人かどうかは分からない。でも少なくとも嫌がらせに関わっている女です。僕にはここまでしかできなかった。でも、亀村さんならこの女が誰なのか調べられるんじゃないですか」

親指の腹を亀村の手掌に何往復かさせる。

「お願いします」

亀村がはじかれたように立ち上がった。その途端、手も離れる。

「長沼《ながぬま》ァ!!」

亀村が怒鳴るや否や、先ほど退室した若い警察官が駆け込んでくる。

「ど、どうしたんですか」

長沼と呼ばれた男性警察官は、顔を真っ赤に染めた亀村を見て困惑の表情を浮かべている。

「片山さんが、お帰りだそうだ」

「あ、はあ……」

長沼は敏彦の顔をちらちらと窺《うかが》いながら、ドアを開けた。

「出口まで案内して差し上げろ」

「ええと、はい……」

長沼に先導されて退室する前に、敏彦はもう一度振り返って微笑んだ。

「お願いしますね」

亀村の返事を待たずに敏彦はドアを閉めた。

警察署を出たあと、少し身震いをする。体がすっかり冷え切っていた。空調が効きすぎていたということはない。むしろ、暑いくらいだった。大量に発汗していたのだ。

敏彦が亀村に実践したのは、全て本に書いてあったことだ。タイトルはたしか『元六本木ナンバーワンキャバ嬢の接客術』。

一対一になる。目を見つめる。ゆっくりと、一音節一音節、囁《ささや》くように話す。ボディータッチを多用する。手掌には神経が多く分布しているから重点的に。

やってみて分かったが成人男性がやるものではない。圧倒的な美貌《びぼう》を持つ敏彦であったとしても、あまりにもあからさまで不気味だと思われてもおかしくない。亀村は顔を赤く染めていたが、あれは全部が好意からではないだろう。困惑と恐れも感じられた。

そもそも、こんな色仕掛けのようなことがうまくいくかどうか分からない。亀村が調べてくれたらありがたいが、これは賭《か》けだ。期待はできない。

青山のことを「善人ではあるがさほど頼りにならない」などと思っていたが、自分も大差ない。もうできることはない。

あとはただ、佐々木るみからの連絡を待つだけだ。

警察署をもう一度振り返って見上げる。

ふと、二階の窓ガラスに目が吸い寄せられた。誰かが手を振っている。亀村か長沼だろうか、と目を凝らす。

見なければよかった。

女が手を振っている。満面の笑みで、楽しそうに。

一度見てしまったら目を逸らすことはできない。

女は口をぱくぱくと動かしている。

『も』

足が地面に縫い付けられたように動かない。

『う』

忙《せわ》しなく働いている人々の中で、女だけが浮き上がったように見える。

『す』

脇腹が熱くなった。熱いというより痛い。その痛みで足が動く。

できるだけ速く足を動かす。分からない。こんなことをしても意味があるかどうか。

『も』『う』『す』――恐らく「もうすぐ」と言っていた。もうすぐ、の後に何がついても、悪いことしか起こらなそうだ。

ごりごりごり、と耳元で聞こえたような気がする。あくまで気だ。気のせいだ。

気のせいなのか？

分からない。

頭の中に女の笑顔が焼き付いた。

2

久しぶりに訪問する小学校は何もかもが小さく見えた。青山は小学生の時特に小柄な方だったから、この感覚は少し嬉《うれ》しさすらある。

青山は七菜香に頼んで、七菜香の友人たち、特に「ミキちゃん」に話を聞かせてもらうことになった。

これはるみには言っていない、独断でやっていることだ。

物部の話を聞いてるみから離れようと思ったのではない。

物部の置かれている過酷な環境を知った。おそらく、あれは彼の日常なのだ。彼だけではない。人ならざる者が見えてしまう人間の日常だ。軽々しく「善意からやっている」などと言われては腹も立つに違いない。るみも同じだろう。思えば青山は、学生時代、るみに救われて以来、彼女を神聖視していたのかもしれない。青山はあくまで対等な立場でるみと仕事をしたいのだから、それではいけない。あんな地獄のような光景を日常的に見て、それでもこういったことを続けているるみは尊敬に値するが、ただ妄信して彼女の言うことにすべて従う関係は不健康だ。


そういうわけで、自分一人の判断で、かつ自分でもできることを探して、青山は小学生に話を聞くことを思いついた。

物部は「寝ているのも起きているのも同じこと」と言った。きちんと説明されなかったので正しいか分からないが、青山は「夢のことを調べろ」という意味だと解釈した。そうなってくると、夢を見た対象の話をできるだけ多く聞くしかない。

小学生に話を聞く成人男性、という構図は七菜香がいくら「こうきくんは大丈夫」と言っても不審者には変わりがないので、学校側にきちんと許可を取っている。

もう少し警戒されるものだと思っていたが、青山がポーリク青葉教会の人間だと知ると、あっさりと了承してくれた。

昇降口でスリッパに履き替えると、七菜香のクラスの担任の秋野《あきの》佐和子《さわこ》が軽く会釈をした。

こちらへどうぞ、と促されてエレベーターに乗り、三階の突き当たりの応接室に通された。既に机の上にはお茶が置いてある。

「なんだかすみません、ここまでしていただいて」

「いえ、おじい様には随分お世話になりましたからぁ」

秋野は大きな口を開けて豪快に笑った。青山は自分の職業を心霊関係の相談所の事務員とは言っていない。あからさまに怪しいからだ。「都市伝説に怯《おび》えている子供たちが心配だ」という点を強調して、子供たちに話を聞きたいと言ったら、学校側は勝手にカウンセリングが目的だと勘違いしてくれたのだ。祖父が生前地域住民のカウンセラー的役割も担っていたからだ。祖父に感謝である。

「本当に、子供ってどうして怖い話が好きなのかしら。私たちの頃もあったけどね、エンジェルさんが流行《はや》ったり――って、青山さんは若いから知らないかもしれませんね。コックリさんと大体同じです。集団ヒステリーで、泡吹いて倒れちゃった子が何人もいて、すぐに禁止になっちゃいましたけど」

その話は聞いたことがある。一昔前、コックリさんが爆発的に流行し、小学生どころか高校生、社会人までもがやっていたという。コックリさんは交霊術の一種として知られており、西洋のテーブルターニングという、複数人でテーブルを囲んで行う儀式にルーツがある。

しかし、科学的には、交霊術などではなく、参加者が「コックリさん（幽霊）が本当に来た」と自己暗示状態に陥り、無意識にコインを動かしている、というのが一般的な解釈だ。老若男女をランダムに抽出して行った検証でも、参加者の誰も知らない知識を問うタイプの質問にはコインが正確な答えを出すことはなく、そもそも信じていないグループではコインが動くことすらなかった。

秋野の言う「集団ヒステリー」「泡を吹いて倒れる」というのも、流行していた時代に実際に何件か起こった事件である。「コックリさんに帰ってもらえない、あるいはルールを破ると、狐憑《きつね》きになる」などという噂がより信憑性《しんぴょうせい》を持ってしまったことが原因だ。

るみが言うには、こういったこともまた自己暗示であるという。

コックリさんには具体的なルールが複数存在している。人間は、ルールがしっかりしていればいるほど「本当ではないか」と思い込んでしまうものだ。コックリさんが実際にいて、本当にコインを動かしているとすれば、ルールを破った時の代償もまた本物だ。コックリさんでパニックを起こし、体に何らかの変化が生じてしまった人々は、人一倍信じやすく、恐怖心の強い者たちだったのだろう。

実際の被害者が出たことで、インチキ臭い子供の遊びに過ぎなかったものはより人を惹《ひ》きつけ、日本全体に広まった。社会の変化により数は減っただろうが、未《いま》だにコックりさんを行う子供は存在する。

「ハルコさん」の話も同じだ。ある意味牧歌的な七不思議とは違う、詳細な舞台装置とルール、ルールを破ってしまったときの罰則がある。子供が強烈に惹きつけられるのも不思議なことではない。

「怖いことって、ちょっと面白い部分がありますからね」

青山がそう言うと、秋野は、私は怖いことなんて大っ嫌い、と吐き捨てた。

「じゃあ、子供たちを呼んできますから」

秋野がドアを出るのを見送ってから、ジャケットを脱ぐ。この学校の卒業生ではあるが、応接室に入ったのは初めてだ。あまり使われていないようで、空気が埃《ほこり》っぽい。

戸棚には馬の置物と、「創立五十周年」と書かれた石が置いてある。青山が小学生だったのはもう十五年以上も前だ。隔世遺伝で父よりも外国人のように見える顔と、小柄な身長のせいでからかわれることも多かったが、イジメというほどでもなかった。友人もいたし、先生も概《おおむ》ね優しかった。

るみのことが頭に浮かぶ。るみはきっと、小学生のときも今のように、知的で、超常現象には目がない、明るい女子だったに違いない。そのときに出会っていたら、と妄想する。きっと今のように、彼女に好感を持つだろう。幼い頃に出会えていれば、もっと気後れせずに仲良く付き合えていたかもしれない。

コンコンコン、とドアがノックされる。

「はい」

青山は妄想をやめて、慌てて立ち上がった。

話を聞くのは「ミキちゃん」含む五人で、一人十分程度。カウンセリングという名目なので、すぐ外で秋野が待機しているものの、基本的には一対一だ。教会の仕事で、子供に接するのは慣れているが、教会に来る子供は教会に来るような子供なのだ。一般的な小学生は少し違うかもしれない。子供は時に辛辣《しんらつ》だ。おじさん気持ち悪い、と警戒され、何も話してもらえない可能性だってある。

色々考えを巡らせつつ、最初の子供が入ってくるのを待つが、一向にドアが開かない。近寄って行って開けようとすると、先ほどより大きな音でノックされた。

「あっ、いま」

開けます、と口に出そうとして違和感に気付く。

ドアノブに手をかけたまま止まる。

また三回ノックされる。

――許可がないと入れないんですよ。

るみの言葉を思い出す。

ノックの音が速く、強くなっていく。

――古今東西、魔のものは許可がないと家に入れないんです。

ノックの音が止んだ。

はじかれたようにドアの前から飛びのく。

ノックの代わりにごりごりごり、と何かを削るような音がする。ドアノブが回っている。耳を塞《ふさ》いでも無駄だった。地面から湧いて出たような音だった。

どうしたらいいか分からない。

——それでも入って来てしまうときはね。

るみが言っていたことが思い出せない。どうしたらいいのだろう。

「我は天地の造り主、全能の父なる神を信ず」

口から祈りの言葉が出た。

ごりごりごり、は止まない。

「我はその、独り子、我らの主、イエスキリストを……信ず」

ごりごりごり、が近い。

「主は、聖霊に、よりて、や、宿り」

頭が重い。上手《うま》く働かない。ごりごりごり、に頭が支配される。祈りが効かないことは分かっている。青山は疑う者だからだ。信じる者にしか効果は表れない。コックリさんと同じだ。信じない者には何も。

耳元で笑い声が聞こえた。ひどくきつい草の匂いが鼻を衝《つ》く。

ごりごりごり。

一体、どういう、つもりで

ドアノブがゆっくり回って、ドアが開いた。

「あの、大丈夫……ですか？」

目を開けると、目の前に秋野がいた。心配そうな表情で青山をじっと見ている。

後ろには原色のワンピースを着た女児が立っている。秋野と同じく、こちらの様子を窺《うかが》っていた。

「なんか、お祈り……みたいなのが聞こえたんですけど、もしかして、本当に……」

秋野は顔を青くして言った。いやだ、怖いの大嫌い、と何度も繰り返す。

今青山が体験したのは恐らくなんらかの怪奇現象ではあるだろう。しかし、それが「ハルコさん」に直接的に関わっているかどうかは分からない。それに、こんなに怯えている人間に「怪奇現象があった」などというのはどう考えても得策ではない。パニックになって何をするか分からないし、そもそも青山にはどうにもできないのだ。

自分が物部のようだったら、という気持ちは、あの日頭が彼と繋《つな》がったときから常に持っている。しかし、この間見た地獄のような光景を思い出すと、その安易な考えが非常に失礼なものだということも分かる。

結局、自分にできることをやるしかないのだ。

青山は、無理やり笑顔を作った。

「いえ、これはルーティンワークというか、毎回、どこでもやっているんです。不気味でしたか？」

　敏彦を真似して首を少し傾けてみる。敏彦が行うと素晴らしく美しく見える所作だが、自分がやってどう映るかは分からない。

「すみません、取り乱してしまって……」

　秋野は恥ずかしそうに俯《うつむ》いた。どうやら効果はあったようだった。

「いえ、先生も不安ですよね。どうにかできればいいのですが……とりあえず、お話を聞かせていただけますか？」

「は、はい……じゃあ、東《あずま》さん、このお兄さんに、話してくれる？」

　東、と呼ばれた女児は、こくりと頷《うなず》いて、ソファーに腰を下ろした。

「私は外で待っていますから、お話が終わったらお声をかけてください」

　東は秋野が出ていくと、ふう、と息を吐いた。足を投げ出して、

「あのさ、お兄さんって、ハーフ？」

　かなり遠慮のない物言いだが、こういう口調の子供は教会にもいる。

「いや、曾祖父《そうそふ》はアイルランド人だけど、ハーフじゃないよ」

「ふーん、そうなんだ。マティみたい」

「マティ？」

「知らないの？　TikToker だよ」

「そうなんだ……」

　東はしばらくじろじろと青山を見てから、じゃあ話すね、と言った。

東柚姫《ゆずき》の話

ウチ、言っとくけど、幽霊とかオバケとかそういうの信じてない。そういう子供っぽいのは小一で卒業したから。

でも、ハルコさんの噂は本当だと思う。本当に夢に出てきたから。

誰から聞いたかっていうと、元カレ。

この話してきたから、秒で別れた。

ウチが怖い目に遭ってもいいってことだから、ムカつくじゃん。

とにかく、あの話聞いたその日に夢に出てきた。

ベッドに入って、眠ったはずなのに、なんか、教会の前の池のとこにいたんだよね。

ああ、あの教会、お兄さんの家なんだ。そうなんだ……。

うん、話続けるね。

で、やば、あの話本当なんだ、って思ってたら、

「男の子探してくれない？」

って急に後ろから声かけられて。

振り返ったら、いたんだ、「ハルコさん」。

なんか、話とは違う感じだった。

あの話だと、イジメで息子が自殺とか、可哀想な感じじゃん。痩《や》せた、ボロボロのおばさんが出てくると思ったんだよね。

でも、違った。

痩せた人だったけど、背が高くて、モデルみたいな感じだった。それに、言葉遣いも、可哀想な母親って感じじゃなくて。顔は綺麗《きれい》だったけど、化粧が派手だった。とにかく、可哀想っていうより、性格悪そうって思った。

「ハルコさん」を見てたら、舌打ちされて、

「早く探してよ」

って言われた。

オバケが怖いとかじゃなくて、大人に怒られたら怖いって思って、とにかく、教会の中に入ったんだ。

長い椅子が沢山並んでた。そこに、ぎっちり人が座ってたんだよね。何人掛けなのか分かんないけど、とにかく、隙間とかなかった。

この人たちの中から男の子を探せばいいのかなって思ったんだけど……よく見なくても、全員同じ人なんだよね……。服とか身長とか、ポーズとか髪型とか、全部同じだった。女の人だったかな……ごめん、それもよく分からない。多分、女の人なんだけど……

…正面に回って顔を見ようとしたら、全員俯いてて、なんか、ブツブツ言ってるの。

この人たちがこっち向いたらどうしよう、ってそれしか考えられなかった。

気が付いたら、匍匐《ほふく》前進みたいなポーズしてた。だって、見付からないためには、それしかなかったの。

怖くて、探すどころじゃなかったよ。

だってさ、なんとか気付かれないように入った祭壇？　の横の部屋にも、同じ人がいてさ……どこの部屋も同じだったよ。たくさん、同じ人がいた。もう、動けなかった。

目を瞑《つぶ》って、壁にくっついてたら、しばらくして、ドン、って肩を叩《たた》かれた。

「ねえ、見付かったの？」

気が付いたら、教会の外に出てて、さっきの怖い女の人が睨《にら》んでた。

「ごめんなさい」

怖くて何度も何度も謝ったよ。

「ああ、もう、うっさい！　ガキの声って頭に響く！　黙ってくんない？」

必死に手で口を押さえて、声が漏れないようにした。

ウチが黙ってるの見て、女の人が、

「見付かんなかったのね。ガキってホントにうるさいだけでどうしようもない。死んでほしい」

女の人が近づいてきて、ガッとウチの髪の毛を摑《つか》んだ。無理やり顔を上に引き上げられて、女の人を見た。なんか、すごい厚化粧なの。つるつるして綺麗な肌だな、って思ってたんだけど、ファンデだけじゃない何かを塗ってあって、そう見えるだけだった。

「また来るから」

そう言われて、地面に投げ出された。

気付いたら、ベッドの上だったよ。

夢だ、夢だ、って言い聞かせようとしても、忘れられない。あんなにはっきりした夢見たことなかったし。

恥ずかしいけど、七不思議の通りに、人に話したよ。そしたら、次の日は何も見なかった。

ごめんね、お兄さん、もうお兄さんの教会、見るだけで怖い。

東柚姫は、話している間に恐怖がぶり返したのか、最初の斜《はす》に構えたような喋《しゃべ》り方とは打って変わって青い顔をしている。

「ありがとう、すごく分かりやすかった」

そう言葉をかけると少しほっとしたように笑う。

「お兄さん、エクソシストとか、そういう感じ？」

「いや、僕は違うかな。っていうか、エクソシストなんて知ってるんだね」

「ドラマで観たから」

エクソシストのドラマは、伝説的ホラー映画「エクソシスト」を下敷きにしたストーリーで、ホラーというより二人の神父のバディものとして楽しく観られる。面白いよね、と言おうとして、小学生が観るにはグロテスクなシーンも多い、と思い出した。それに、恐らくカトリック教会は誇張しているだとか、エンターテインメント的に消費するな等、文句を言うだろう。祖父が観たらなんと言うだろうか。鷹揚《おうよう》な人だったから、一緒に楽しんでくれたかもしれない。

東には、何の効き目もないのは分かっているが、一応ポーズとして「主の祈り」をしてみせた。すっかり元の調子に戻っていたから、それだけでも祈った甲斐《かい》があるというものだ。

東の後に話を聞いた子供たちもほとんど同じ証言をした。

ポーリク青葉教会に連れてこられ、感じの悪い女に男の子を探せと言われる。

教会の中には、同じ人間が沢山いる。その人は、恐らく女性だが、顔がきちんと確認できない。

見つからないと分かると、感じの悪い女に罵倒《ばとう》される。

女は「また来る」と言い捨てて去って行く。

「教会が怖い」「行きたくない」と何度か言われ、「ハルコさん」を営業妨害で訴えたいくらいだ、と青山は思った。

最後は問題の「ミキちゃん」の番だ。ミキちゃんはハルコさんの噂を広めた張本人なので、聞きたいことが山ほどある。あくまで冷静に、問い詰めるような態度を取ってはいけない。青山は一度伸びをして気持ちを切り替えた。

しかし、時間になってもミキちゃんは入って来ない。

またドアを叩かれるのも怖いので、青山は自分からドアを開けて廊下に出た。

「あら、ごめんなさいねえ、私も待ってるんですけど。おかしいなあ、ミキさん、かなりユニークな子ですけど、約束を破るような子じゃないから」

秋野と雑談をしながら十分ほど待っても、ミキちゃんは現れなかった。その間に校内放送で呼び出しもしていたのだが。

「来ませんねえ」

「ええ、本当に、すみません。どうします？」

秋野は態度に「帰ってほしい」という気持ちが滲《にじ》み出ている。無理もない。確かに学校に関係することではあるが、完全に業務外の労働だろう。小学校の教員はこういったことへの対応もしなくてはならず、本当に大変だと思う。

「何か用事が出来てしまったのかもしれませんね。沢山お話が聞けたので大丈夫です。秋野先生、お時間を作ってくださって本当にありがとうございました。生徒さんたちにもお礼を言いたいです」

頭を深々と下げると、秋野も慌てたように頭を下げた。

本当は、一番聞きたかったのは「ミキちゃん」の話なのだが、仕方がない。また後日来るなどしたら、学校側に迷惑をかけてしまう。そもそも、七菜香のことを考えれば、そんな時間はない。それよりも持ち帰って、得た情報を精査する方が有意義だろう。

校門を出ようとしたところで、腕を摑まれる。応接室のノック音を思い出し、ぎょっとして振り返るが、そこにいたのは、息を切らせた東柚姫だった。

「お兄さん、待ってよ」

「東さん……どうしたの？」

東は息を整えてから、

「ミキから話聞きたいんでしょ」

「えっ」

東はにやりと笑った。

「逃げ回るから、捕まえといた」

東は青山の手を引き、ずんずんと駅とは反対方面に進んでいく。

五分ほどして東が止まったのは、ドーム状の遊具が目立つ公園の前だった。遊具を取り囲むようにして、五、六人の小学生が仁王立ちをしている。

「みんな、連れてきたよ」

東が声をかけても、気付いた様子はない。小学生たちは興奮しているのか、皆顔が上気している。

遊具の中から泣き声が聞こえた。

「そうやって泣いてさ、被害者ぶらないでよ！」

「そうだよ！　みんな迷惑したんだから」

「ユキちゃん泣いちゃったんだよ？　謝ってよ！」

自分が責められているわけでもないのに、なんだか居心地が悪い。おそらく、「ミキちゃん」は実害のある噂を広めた件で袋叩《ふくろだた》きにされているのだろう。なんであれ、泣くまで追い詰めるのはやりすぎだ。

「ちょっと皆、落ち着いて」

小学生たちは青山が割って入ると動きを止めて振り向いた。

先ほど話を聞いた子供たちの他に、ちらほら知らない顔も交ざっている。

「僕が話を聞いておくから。ね？」

子供たちは不満げだった。

「でもお兄さん、そいつ」

「悪いことをしたと思っていても、皆に責められたら、怖くて悲しくて、謝りにくいんじゃないかなあ」

「お兄さんって、甘いね」

東はフン、と鼻を鳴らした。

「みんな、行くよ」

東はそう言って、子供たちに帰るように促す。

くるりと背を向ける東に「ありがとう」と言うと、「ウチはイケメンの味方だから」

と返され、思わず苦笑した。こういう大人びたリーダーシップのある女子がいると、教師も楽だろう。

さて、と青山は遊具に向き直った。遊具からはまだすすり泣きが聞こえる。

「もう皆行っちゃったよ」

声をかけても出てくる様子はない。青山は腰を屈《かが》めてドームに空いている穴の一つを覗《のぞ》き込んだ。

最初に目に入ったのは、ほぼピンク色に近い金髪だ。目が痛くなるほどカラフルなTシャツと、デニムのショートパンツを着用している。

随分派手な子だな、と思う。青山が小学生の時は、こんなに派手な同級生はいなかった。

青山はドームに入り、隣に腰かける。

「僕は話が聞きたいだけだから、怒ったりしないよ」

「ミキちゃん」はしゃくりあげながら顔を上げた。

青山は思わずじっと見つめた。

太い眉《まゆ》。やや離れた一重の目に、濃くアイラインを引いている。鼻も唇もしっかりしている。男顔、というのではない。「ミキちゃん」は――

「男が、こういう恰好《かっこう》するの、おかしいって、思ってるんでしょ」

「いや、そんなことは」

青山は取り繕うように早口で言った。

本当のことを言えば、大変驚いた。しかし、それは男子であるミキが女子のような恰好をしていたことに対してではない。男子だったこと、それ自体にだ。

七菜香の話を思い出すと、確かに「ミキちゃん」は一人称が「ボク」だった。ミキちゃん、という呼び方で勝手に、一人称が「ボク」の女の子だと思い込んでしまったのだ。秋野も、七菜香のことを「横沢さん」、東柚姫のことを「東さん」と呼んでいたのだから、「ミキさん」というのは当然苗字《みょうじ》だったのだろう。ミステリーの叙述トリックにまんまと騙《だま》されたような気分だった。

「ジェンダーレス男子っていうんだよね」

「決め付けないで」

ミキはぴしゃりと言い捨てた。

「ボクは好きな恰好をしてるだけだから」

「うん、ごめんね」

確かに、「ジェンダーレス男子」とか「リケ女」とか、個人の本質も知らず勝手にカテゴライズされるのは不愉快かもしれない。

青山が素直に謝罪すると、ミキは気まずそうに俯《うつむ》いた。

「……こっちこそごめんなさい。お兄さんは女子たちから庇《かば》ってくれたのに」

「ううん、大変だったたね。僕、小学生の時からからかわれがちだったから、皆によってたかってなんか言われるのは辛《つら》いって分かるよ」

「嘘だよ、そんな顔なのに」

ミキは目の下を拭《ぬぐ》いながら言った。アイラインが滲《にじ》み、黒い隈《くま》のようになっている。

「お兄さんみたいな顔だったら、もっと色々着られるんだろうな。スカートだって」

ミキはショートパンツの裾《すそ》を強く引っ張った。よく見ると、細かいラインストーンがいくつもついている。

確かに「かわいい」と言われることの多い顔だが、さすがにスカートを穿《は》くのはきつい。そんなことしたら変質者のおじさんだよ、と言いかけて、口を閉じる。このような発言もまた、彼にとっては無神経で差別的かもしれない。

「でも、似合わないって言われても、ボクはこれやめる気ないけどね」

涙目のまま、毅然《きぜん》と言い放つミキを見て、尊敬のような感情が湧いてくる。青山の小学生だった頃より世の中がだいぶ寛容になっているとはいえ、おそらくまだ、このタイプの男子にはきつく当たる人間も多いだろう。青山だって、彼のような人間を特別視しないのは難しい。ミキはこの年で、何か覚悟のようなものを感じさせた。

「……逃げちゃって、ごめんなさい」

しばらく黙ってから、ミキがぽつりと漏らした。

少し考えて、学校で話を聞く予定だったことを思い出す。

「いいんだよ。無理を言って皆に聞かせてもらっていたんだから」

ミキはようやく表情を緩めた。子供らしい、可愛い笑顔だった。青山もつられて笑顔になる。

ミキは深呼吸をして、決意したように口を開いた。

「あのね、ボクが噂を……ハルコさんのことを話したのは……怖かったからだよ」

「怖かった……？」

ミキは頷《うなず》いた。

「ハルコさんは、怖いよ」

「ハルコさんに会ったことがあるの？」

「あるよ」

ミキはどこか遠くを見つめて言った。

「ハルコさんの話、ほとんど全部嘘だよ。ボクが創ったんだ、お姉ちゃんの部屋にあった『地獄先生ぬ〜べ〜』って漫画を参考にした、デタラメだよ」

「どうして、そんなことを……」

「ハルコさんが怖いから」

話がループしている。

青山は真一文字に結んだミキの口を見ながら、

「じゃあ、デタラメだから、その、噂は信じなくていいってこと？」

「そんなわけないじゃん。だったら皆の夢にハルコさんが出てくるわけないでしょ」

それもそうか、と青山は納得する。

「場所と、人に話したらハルコさんはもう来ないっていうのは本当。創ったのは、ハルコさんのこと。ハルコさんは、全然可哀想なお母さんなんかじゃないんだよ」

ミキは小刻みに震えている。一言一言、絞り出すようにして話している。

「この話を皆に広めないと地獄に連れて行くって言われたのはボクだよ」

ミキは震えを抑えるように、片方の手をもう片方の手に重ねた。

気温が急に下がった気がする。いや、気ではない。本当に寒い。

先ほどまで明るかったのに、急に暗くなっている。

おかしい。初夏で、まだこの時間は十分に明るいはずなのだ。

ごりごりごり、と聞こえた。さっきと同じ、固いものが削れているような音。

「き、きた、ハルコさん」

ミキが立ち上がって、ドームの穴から出ようとした。青山は腕を引っ張り、自分の腕の中に抱き込んだ。

「だ、大丈夫」

ごりごりごり、とさっきより近くから音が聞こえた。鼻息のようなものまで。

「外に出たら、ダメだ」

ごりごりごり。ごりごりごり。ごりごりごり。

外の景色は見えない。嫌な想像で頭が支配される。ハルコさんが、遊具に覆いかぶさって、こちらの様子を窺《うかが》っている。

ミキは声も出せない様子だった。青山のシャツを、千切れそうなほど強く握りしめている。

「どうせ、呼ばれなければ入れない」

「はいれるわよ」

外から声が聞こえた。

「はいれるわよ」

光がないはずなのに、地面に影が出来ている。逆さまになった女の首、そういうふうにしか見えない。

「はいれるわよはいれるわよはいれるわよ」

青山は右手だけ地面に伸ばした。砂埃《すなぼこり》がたまっている。

——それでも入って来てしまうときはね。

「はいれるわよ」

ドームに空いた穴は全部で六つだ。穴の前に、順番に×を書いていく。

「はいれるわよはいれるわよ」

ひとつ、ふたつ、みっつ、よっつ、いつつ。

ごりごりごり、が止まない。頭がおかしくなりそうだ。

最後の穴に手を伸ばす。ミキの体重が重く感じる。全身から発汗しているのに、どうしようもなく寒い。

「はいれる」

×を書き終わる前に、ハルコさんと目が合った。

ハルコさんは、背の高い、真っ黒な髪の女だった。顎《あご》がずれている、と思った。違うのだ。顎なんてない。人間の形をしていない。それなのに、歯と歯をこすり合わせている。口元から、ごりごりごり、と鳴っている。何故か笑っていると分かった。ニタニタと、心底楽しそうに。

「はいれ」

青山が×を書ききった時、ハルコさんは見えなくなった。

子供の笑い声がする。

おそるおそる見てみると、外が明るい。ちらほらと遊んでいる子供もいる。

青山はどっと疲れて、その場に倒れこんだ。服の汚れなどどうでもよかった。

「なんとか、大丈夫だったかも」

ミキから返事はない。寝転がったまま体勢を変えて、ミキの顔を見る。

「大丈夫じゃない」

ミキの唇は青紫色だった。

目を見開いて、瞬《まばた》きすらせず、青山の背後を指さしている。

青山は、指の先に視線を移した。移さなければよかった。

大きな柱時計の下で、女性が手を振っていた。満面の笑みを浮かべて、そのまま消えた。

3

敏彦が見知らぬ番号からの電話を取ったのは、熱に浮かされていたからだった。警察署を出て、女の顔を見てからの記憶がほとんどない。どうやって家に帰ってきたかも覚えていない。

寒くもないのに全身が震えて、暑くもないのに汗が止まらなかった。

母に、病欠の連絡をしてもらった。救急車を呼ぼうかという申し出は拒否した。病院に行って治るものではないと分かっている。

石神のお守りは効いていたのだ。

布団をかぶり、震えながらロザリオを握り締める。残念ながら、効果はあまりない。ただ、手のひらだけは温かいような気がする。

頭の中からごりごりごり、と音がする。気のせいかもしれない。しかし、そのせいで眠れない。

点《つ》けっぱなしになったテレビ画面の右上に表示される時間。それを見ながら横たわることだけしか敏彦にできることはなかった。

そのような状態だからだったかもしれない。

普段ならば、見知らぬ番号からの電話は取らないようにしていた。敏彦の経験上、そういった電話は、どうやって調べたのかかけてきた、全く知らない人間からの一方的な好意の押し付けの電話だったからだ。

携帯電話の振動がひどく痛む頭に響いた。一刻も早く止んでほしくて、つい通話ボタンを押してしまったのだ。

『青葉署の亀村ですが、片山敏彦さんの携帯電話でよろしいでしょうか』

敏彦は思わず飛び起きて、すぐに足元がふらつき、またベッドに倒れこむ。

『大丈夫ですか……？』

「は、はい」

亀村の声は顔を合わせて話した時よりずっと穏やかに聞こえた。

『例の件、確認が取れました』

「れいの……けん……」

『あなたが言ったんじゃないですか。犯人だって』

脳に女の心底楽しそうな笑顔が浮かぶ。敏彦は思わず呻《うめ》いた。

『あの、大丈夫です？』

「だいじょうぶ……」

『大丈夫ではなさそうなんですけど、今から出られますか？　何かご用事がある？』

敏彦は力を振り絞って上体を起こした。

視界が揺れる。ごりごりごり、も聞こえる。

「出られます」

口に出すと、大丈夫な気がしてきた。

「青葉署に行けばいいですか……ちょっと、時間はかかるかもしれないけど」

『違いますよ。ちょっと今から言う住所に来てもらえますか？』

「はい……」

敏彦は紙に書きとる。ぐちゃぐちゃに歪《ゆが》み、自分でさえかろうじて読めるレベルの文字だった。

亀村は住所を言うとすぐに電話を切ってしまう。穏やかで優しいように聞こえたのは気のせいかもしれない。調べてくれただけでも奇跡的だ。亀村からすれば「この顔写真の女が犯人だ」などと言われても根拠のない怪しい情報に過ぎないのだから。

ロザリオを握り締めながら亀村の言った住所に向かう。敏彦に気を遣ってくれたのか、警察署よりもずっと敏彦の家に近い場所で、徒歩で十分ほどの距離だった。重い体を引き摺《ず》って辿《たど》り着くまでには、さらに十分かかってしまったのだが。

一階から五階までレンタルスペースになっているオフィスビル。亀村はその四階に来いと言った。幸い、ここに来るまでにじっとりと粘つくような視線は感じていない。

四階に上がると、待ち伏せていたかのように亀村が敏彦の腕を摑《つか》んだ。

「こっち」

そのまま手を引かれて、左側の小さい部屋に入り、亀村の正面に座った。見たこともないが、取調室はこのような感じかもしれないと思う。

亀村はしばらく黙っていたが、

「顔色が悪いですね」

そう短く言った。

「大丈夫です、そこまで」

「でも、すごく綺麗《きれい》だ」

敏彦の返答を待たずに亀村が続けた。

揶揄《からか》いや嫌味の雰囲気は感じない。声はあくまで冷静だった。

「……驚いた。亀村さんでもそんなこと言うんですね」

亀村は敏彦の目をじっと見つめる。

「私でも、ねえ……実際は、私が一番、そういうことを言う方なんですよ」

「どういう意味ですか？」

「私、あなたに随分ひどいことを言ったでしょう」

「ええ、まあ……」

まるでストーキングをされたのはこちらに非があるというようなことを言われた。態度も最悪だった。

「私は本当に、とんでもない面食いというやつでね。顔が綺麗な人が大好きで、そういう人には他の人間よりずっと親切にしたくなってしまう」

「なるほど……？」

一刻も早く本題に移らなくてはいけない状態だが、少し興味深い話だった。

「つまりね、私はそういう人間だから、怖いんですよ。美しい人と、そういう人と対峙《たいじ》したときの自分が」

亀村は突然頭を下げた。白い机に頭が当たり、鈍い音がする。頭頂部が少し薄くなっていた。

「申し訳ない。こちらの勝手な事情で、ひどい態度を取ってしまって」

「いや、別に……確かに腹は立ちましたけど、結局、どう考えても怪しいのに調べてくれたわけですし……きっと、これも贔屓《ひいき》、なんですよね。だから警察署じゃなく、ここで」

亀村は敏彦の顔をふたたびまじまじと見つめて溜息《ためいき》を吐いた。

「この間のはさすがにわざとでしょうが、今はきっと無自覚なんですよね？　あなたは、一挙手一投足、全部が綺麗ですね。どういうふうにすれば自分が一番美しく見えるのか、その美しさで相手が言いなりになるのか、全て分かっているみたいだ」

「そんなことは」

亀村は自嘲《じちょう》気味に笑った。

「分かってますよ。無自覚、無意識でしょうね。あなたがたは。あれもそういう女でした」

亀村が、鞄《かばん》の中からファイルを取り出した。表紙をめくると、一ページ目にA4サイズの顔写真が入っていた。

あの女が写っている。

三好のデータをプリントアウトしたのだろうか。違う。三次元モデルより随分若い。メイクが独特で、派手な衣装を着ている。これは、

「天才美少女って言われて、小さい頃から注目されてたんですよ。あなたには及ばないかもしれないが、かなりの美形でしょう。おまけに、ちょっと日本人離れして背も高くて、手足も長かった。バレエの才能もあったみたいだ。随分早いうちからロシアに留学してね。でも、バレエダンサーとしてロシアで花開いたわけではなかった。向こうで出会った、日本人の実業家と結婚してね、また日本に戻ってきたんですよ」

「ちょっと……ちょっと待ってください、突然、誰の」

「門脇春子《かどわきはるこ》ですよ。写真の女性。世代が違うから知らなかったんでしょうが、ちょっとした有名人ですよ。テレビにも出ていた。地元がこの辺だったということもあって、私もファンでしたから」

門脇春子。ハルコさん。

偶然の一致のはずはない。やはり、青葉南小学校に伝わる七不思議の「ハルコさん」

と、この女は同一人物なのだ。

唇が震えて、相槌《あいづち》を打つこともできなかった。

「息子さんも生まれて、しばらくは親子三人、幸せそうでしたけど、そのうちまた、悪い癖が始まってね」

「悪い……癖?」

「……大丈夫ですか? あんまり体調が悪いなら、病院まで送りますが」

敏彦は亀村が差し出してきたペットボトルのお茶を、お礼を言って飲んだ。

「大丈夫です……話を続けてください」

「はあ……それじゃあ。まあ、大体想像がつくでしょうが、悪い癖と言うのはですね、男遊びですよ。本人が誘惑しなくても、あれくらい綺麗だと、他人が放っておかないんですよ。片山さんには釈迦《しゃか》に説法ですか?」

三好の顔が思い浮かんで、消えた。亀村は敏彦の反応を気にすることなく続けた。

「大人びた美少女でしたからね。小学生の時から、すでに何人もそういう相手がいたそうですよ。ロシアにいたときのことは知りませんが……結婚して、子供ができたからと言って、人間の性質が変わるものでもないでしょう。それでも旦那《だんな》さんは門脇を責めなかった。ベタ惚《ぼ》れだったんでしょうね。反対に、門脇が旦那さんに当たり散らすようになった。長年こういう仕事をやっている経験からなんですが、何故か悪癖のある人間は、男も女も関係なくですよ、何故か、自分のやっていることは他人もやるはずだ、と思い込むんです。どうせ浮気をしているに決まっている、裏切られた、と騒いで騒いで……勝手に息子を連れて、実家のあったこの土地に戻ってきてしまってね。その頃にはこれまでの生活が祟《たた》ったのか、随分老け込んで」

たんたん、と音がした。亀村が指で机を叩《たた》いている。眉間《みけん》に深く刻み込まれた皺《しわ》は、彼がどうやって生きてきたかを表すようだった。

「片山さん、自分の美貌《びぼう》が失われるかも、と考えたことはありませんか？」

「あまり……いえ、ないですね」

「そうですか。あなたはやはり、特別だ」

亀村の指先が白くなっている。門脇春子の顔写真に、強く指を押し付けている。

「私たちその他大勢が老け込もうが、元が知れてるんだから大したことはないですけどね、多くの綺麗な人にとっては、どうも耐えがたいことのようなんですよ。門脇は顔を白く塗り固めて、外に出て踊り狂うようになったんですよ。衰えたとはいえプロですから、踊りだけは美しくてね。それが余計に不気味でした。とうとう、相手にする男は誰もいなくなった」

「あの、亀村さんは……」

「いやいや、何もないです。門脇とは。声をかける勇気もなかった。私は見ていただけです。でも、『春の妖精《ようせい》』っていうニックネームを最初につけたのは、私なんだ」

敏彦はそれ以上聞けなかった。亀村の顔は泣きだしそうに歪《ゆが》んでいた。

想像してしまう。幼い頃から恋していた少女の人生が狂っていくのをただ見ていることしかできない無力感を。

「ニックネームが良くなかったのかもしれませんね。私が呪いをかけたのかもしれない。『春の妖精』って、春だけにしか咲かず、すぐ枯れてしまう花を指す言葉だそうです。門脇の人生もそんなものだった」

亀村はゆっくりとページをめくった。新聞記事の切り抜きが出てくる。

「こんなに小さい記事が、春の妖精の終着点だ」

無機質な白い壁にかかった時計の、針の音だけが響いている。

「どうして片山さんは死人を犯人だなんて言ったんです？」

4

柱時計の下で笑っていた女はすぐに消えた。女が消えても、ミキと青山は外に出ることができなかった。遊具の中で何をするでもなく怯《おび》えた表情で座っている二人は異常に見えただろうが、油断したところで女がまた現れるのではないかと思うと全く安心できなかった。

「ていうかお兄さんあれ、どうやったの、ばってん書くと入って来なくなるの？」

ミキが思い出したように尋ねた。

「ハルコさん」が遊具の中に入ってこようとしたとき、青山はやっとるみの言葉を思い出した。

「古今東西、魔のものは許可がないと家に入れないんです。有名なのは吸血鬼でしょうか。クリスチャンが書いた悪魔学の本にも『悪魔は歓迎されない場所には行くことができない』などと書いてありますね」

るみは赤いペンを手に持ち、くるくると回した。

そうだ。あれは、毎晩施錠しているのにドアが開き、女の霊が入ってくるという心霊体験に悩まされている男性の家に行ったときのことだ。

最初は靴置き場に入ってくるだけだった女は日に日に家の奥まで入ってくるようになり、男性はとうとうちゃぶ台しか置けないような狭いロフトに追いやられてしまったのだった。

男性には友人の家に避難してもらい、るみと青山は男性の家に泊まることになった。

「だからね、入るなという意志を見せる。こうして、絶対に入れない、招かない、出ていけ、とアピールする」

るみは玄関に盛り塩をして、窓や扉すべてに札を貼った。

るみと雑談をしたり、家の仕事をしている間に日が落ち、夜になる。

男性の話では、女は夜八時を回るとやってきて、明け方まで居座るということだった。

もうとっくに八時は過ぎている。

「本当に効き目があるんですね、そのお札」

「当たり前でしょう、お伊勢《いせ》さんのものですよ」

るみは自分が作ったわけでもないのに、得意げに胸を張った。

雑談などして時間を潰《つぶ》していると、時計は深夜二時を回っていた。

ふいに、ことり、と小石の当たるような音が窓から聞こえた。

るみが小さく息を吐いた。

「効き目はありますよ。効き目はね」

ことり。

また音がした。

「音が……」

「ええ、来ましたね」

バン、と大きな音。扉からだ。

「青山君、私が昼間に話した話、覚えてますか？」

「招かれないと入れないという話ですか？　でも、今ですか？」

バン、バン、バン
扉は強く、何度も叩かれている。

「ええ、今です。このように、招かれてもいないのに入って来てしまうことがある」

音はますます激しくなる。音にまぎれて、かすかにうめき声のようなものまでも。

「入るな、出ていけ、招かない――それでも入って来てしまうときはね」

破裂音がした。外開きのドアが完全に開け放たれている。

「こうする」

るみは赤いペンのキャップを開けて、青山の額に大きく×を書いた。

布を引き摺《ず》るような音がした。

女が這《は》っている。泥まみれの茶色いレインコート。髪は濡《ぬ》れていて、女の這った跡がぐっしょりと濡れている。

女がゆっくりと顔を上げた。

鼻がない。顔の中心が抉《えぐ》られている。

ヒッと口から悲鳴が漏れた。

「大丈夫」

るみが言う。

その声が聞こえたかのように、女はるみの方に顔を向けた。

るみが片手を上げて、右に払うような仕草をした。

女はいなくなっていた。

しばらく見ていても、何も起こらない。部屋は静まり返っていた。

「さあ、撤収しましょうか」

手を叩いてるみが言った。

「今のは……」

「アヤツコですよ」

るみは顔の前で両手の人差し指を交差させた。

「一部の地域で生まれた赤ん坊が初めて外出するときに、額にバツのマークを書く風習があるそうです。現代で言うところのお宮参りの代わりで、魔除《まよ》けの意味がある、と言われているそうですが、このバツのマークは荒神谷《こうじんだに》遺跡などでも見られました」

「荒神谷遺跡？」

「はい、そうです。昭和の最後に出雲《いずも》の斐川《ひかわ》町で発掘された遺跡。銅剣などの青銅器が一か所から多数出土したそうです。残念ながら現在に至るまで青銅器の埋納された年代は特定できていないそうですが——その青銅器にも、バツのマークがついていたとか」

るみは窓の札を剝《は》がしながら、

「要はね、このマーク、アヤツコはね、『これは神のものである』という印なんですよ。バツを書くことで神の所有物である、神域のものであるということになる。私はそう解釈しています」

青山は少し考えて、

「そうすると、僕は神のものっていうアピールをしたわけですか？　伊勢大社の？　ええ……僕クリスチャンなんですが……」

「どの神様とかはどうでもいいじゃないですか」

　るみは柔らかく微笑んだ。

「神様のものに手を出す馬鹿なんてなかなかおりませんから」

　青山はそのときのことを思い出し、咄嗟《とっさ》に遊具の入り口にアヤツコを書く、という方法を試してみたのだった。

　結果はうまく行った、と言えなくもないのかもしれない。ミキと自分の身を何とか守ることができた。

　しかし、何の力もない、神を信じているとは言えない青山が、神の印を書いたところでどうにかなるとは思えない。恐らく、意志の力だ。強く思えば、そうなるという力。笑美を洗脳していた教祖の少年も、物部も、そしてるみも、そういう力を持っている。彼らは特別な力を持った存在だが、そういう人々でなくてもある程度似たようなことはできるのかもしれない。魔のものは呼ばれないと入れない、という話だって、元を糺《ただ》せばそういうことなのではないだろうか。

「おまじないみたいなものなんだって。たまたまうまくいっただけだよ」

「そっかあ」

　ミキは心を開いてくれたようで、ハルコさん、およびハルコさんにとり憑《つ》かれた男性に会った話もしてくれた。

「ボクのお姉ちゃん、ネイリストなんだけど、たまに職場を見学させてくれるんだ。学校終わった後に。その日は、お姉ちゃんが彼氏の家に泊まるって言うから、一人で家に帰ってる途中だったんだけど……後ろから、肩叩かれて、振り返ったら女の人がいた。女の人じゃ、なかったんだけどね。女の人の恰好はしてたよ。でもね、女の人じゃないのはすぐ分かった。声が低かったしね。女装だったんだ。しかも、絶対、ちゃんと女装してる人じゃない。何も考えないで女の服着ましたって感じ。Iラインのワンピースなんて絶対選んじゃダメなのに」

青山が聞きなれない単語に目を白黒させていると、ミキが察して補足する。

「Iラインっていうのは、上から下までアルファベットのIみたいにまっすぐなデザインのこと。男が着ると肩とか胸とかのごつい感じが強調されちゃうんだ。『いかにも女装』ってなっちゃうの。こういうの、ネットにも載ってるから、この人は全然勉強とかしてないんだなって……いや、そうだったら、まだマシだったかな。なんていうかね、説明が難しいんだけど……自分のことを女だと思い込んでる、に近かった」

「それって、ただの変質者なんじゃないの？」

ミキは首を振った。

「違うよ。まあ……ボクも最初はそう思った。防犯ブザー鳴らそうとしたんだ。でも、動けなかった。怖くて」

ミキは身を守るように体を縮めた。

「ごりごりごり、って音がした。その人の後ろに何かがいたんだ。すごくよくないもの。

逃げられなかった。そのまま、ビルの陰に引っ張り込まれた」

　ミキが時折言葉を詰まらせながら語ったのは、その恐ろしい人物から聞いたという、悍《おぞ》ましく、悲しい話だった。

「あんな話を創って、みんなに広めたのは、ハルコさんが怖かったから、だけじゃないよ」

　ミキは青山の目をじっと見て言った。

「可哀想だと思ったんだ」

「可哀想……」

　ミキは膝《ひざ》を強く胸に引き寄せた。

「ブスとか、醜いとか、沢山言われて傷付いたけど……そう言ってる間、あの人の顔、泣きそうだったんだ。多分、多分ね、今まで、幸せだったことないんだと思う。ずっと、ハルコさんにべったりくっつかれて、ずっと——あの人は、辛《つら》いんだと思う」

　青山はミキを抱きしめていた。そうせずにはいられなかった。

「本当に優しいね」

「お兄さんやめて、ボク別に優しくないし、好きになっちゃうから」

　青山が体を離すと、ミキは白い歯を見せて笑う。

　ミキは尻《しり》についた砂埃《すなぼこり》を払いながら立ち上がった。

　青山も中腰になって、遊具から出る。

外はすっきりと晴れている。夕日が沈みかけていて、夜空と日光、青から黄色のグラデーションが綺麗《きれい》だ。

「お兄さん」

ミキは大きく伸びをして言った。

「なんとかしてあげてね……ボクが言うことじゃないかもしれないけど」

「わかった」

何の確証もないが、今回もるみはなんとかしてくれるような気がしていた。勿論《もちろん》、青山も協力できることがあればするつもりだ。

ミキの話には心当たりがあった。

門脇春子というバレエダンサー。

名前は初めて聞いた。でも、明確に覚えている。

ずっと前、まだ祖父が生きていて、行事の一切を取り仕切っていた時の話だ。

「私たちの姉妹が天国に旅立たれました」

祖父はミサの最中にそう言った。

「誰が死んだの?」

青山が聞くと、母が答えた。

「こうくんと同じ小学校の子のお母さんよ」

お祈りしましょうね、と言われて青山は手を合わせた。自分と歳の変わらない子の母親が亡くなった。そのことが衝撃的で恐ろしく、しばらく母親が亡くなったらどうしようと考え続けていた。

あれは、門脇春子のことだったのだ。

門脇春子の息子、それがミキに無理やりハルコさんの噂を広めさせた張本人ということになる。残念ながら、学年が違うためか、彼の記憶は全くないのだが。

青山は佐々木事務所に向かいがてら、父に電話をかけた。

「もしもし、お父さん？」

おそらく今の時間帯はそこまで仕事が立て込んでいない。

「申し訳ないけど、信者さんの名簿を調べてくれる？　かなり前、僕が小学生だった頃亡くなった、門脇春子さんっていう女性の信者さんいなかった？」

父は驚いたようにああ、と言った。

「随分懐かしい人の名前を出すんだね。こうくんは知らなかっただろうけど、タレントさんだったんだよ、まだ若かったのに亡くなってしまって……でも、急になんで？」

「うん、亡くなったのは知ってる……ごめん、佐々木先輩との仕事で、ちょっと必要なんだ」

父はるみと仕事をしていると、あまりいい顔をしない。家業を継いでほしいという気持ちも根底にあるのだろうが、こういった仕事を特に専門的に勉強しているわけでもない者がすることは遊び半分に見えるようだ。祖父もそうだった。

電話の向こうの父は、案の定沈黙している。

「お願いお父さん、変なことには使わない。門脇春子さんに息子さんがいたでしょ？　彼の名前を知りたいだけなんだ……彼が、関わっているかもしれなくて」

父はふう、とため息をついて、

「分かった。その仕事が終わったらきちんと説明して。今調べてメールしておくから」

「うん、必ずする。ありがとう」

父からメールが届いたのは、ちょうど事務所の前に着いた時だった。

佐山　春子（さやま　はるこ）　一九七二年　五月十日生。

佐山　祐樹（さやま　ゆうき）　一九九七年　十一月十五日生。

十五年以上前、教会の裏にあるグランデ青葉の三階に住んでいた。

そう書いてある。

佐山というのは父方の苗字《みょうじ》だろうか。

祐樹。ママのゆきちゃん。

名前も一致している。確実だ。

ここに来て初めてるみの役に立てたような思いがして、青山は少し嬉《うれ》しくなった。

青山ができることと言えば来客に飲み物を淹《い》れたり、るみの身支度の世話をするくらいで、業務に関しては全く役に立てたことはない。怪異について調べるのも、現実になんとかするのも、全てるみが行っている。るみは「青山君にはいつも助けられている」

と言ってくれているが――

物部の言葉を思い出す。

お前、あの女に騙《だま》されとるよ。

もしかしてこのことを言っているのかもしれない、と青山は思う。

るみは全く役立たずの青山を、お情けで置いているのかもしれない。るみは変わり者だが、優しい人だ。まとわりついてくる犬みたいな存在を無下にできないのかもしれない。

「青山君にはいつも助けられている」という言葉は、嘘なのかもしれない。

でも、役立たずだと思われていようと、諦《あきら》めたくはない。

るみにそう思われないように役に立つ存在になればいいだけだ。

優しい言葉が嘘で、身の回りの雑用をやらせるために騙されているのだとしても、全く気にならない。

るみに命を救われてから、青山はずっと、るみについていきたいと思っているのだから。

5

――ちしおしたたる　しゅのみかしら

肌寒い。目を開ける。

——とげにさされし　しゅのみかしら
讃美歌《さんびか》が流れている。

私は固い長椅子に腰かけていた。

教会だ、と気付く。

ポーリク青葉教会。

——なやみとはじに　やつれししゅを
何かがおかしい。

私はミサに参列した覚えはない。

辺りを見回す。

長椅子に隙間なく人が腰かけている。私の太腿《ふともも》にぴったりと、両隣の女性の太腿がくっついている。

おかしい。

讃美歌が流れているが、誰も歌っていない。

——われはかしこみ　きみとあおぐ
祭壇の前に黒いガウンを着た男性が背を向けて立っている。栗色の髪。青山君だ。

「青山君」

呼びかけても返事はない。ただ、手を大きく広げている。

「青山君」

もう少し大きい声で呼びかける。

ばちん。

彼が手を叩《たた》いた。

「お静かに」

青山君の声ではなかった。歪《ゆが》んだ電子音のような、聞くに堪えない声。私は思わず耳を押さえる。

そして気付いた。

「ママごめんなさい」

隣の女性が消え入りそうな声で繰り返している。

「ママごめんなさい」

「ママごめんなさい」

違う。全員だ。

聖堂のベンチに隙間なく座った人々は、全員が同じ背《せ》恰好《かっこう》の女性で、ひたすら同じ言葉を繰り返している。

口がカラカラに乾いている。

私だけが違う。

いつの間にか青山君ではない、黒いガウンの男性は消えていた。

「ママごめんなさい」

「ママごめんなさい」

「ママごめんなさい」

「ママごめんなさい」

頭がおかしくなりそうだった。

思い出す。

横沢七菜香の言っていた「ハルコさん」の話。一日目はポーリク青葉教会。ここだ。今私は、「ハルコさん」の夢を見ているのだ。

私は青葉南小学校に通っていたこともない。小学生だったのも二十年以上前のことだ。そんな私がどうしてこんな夢を見ているのか。

「ハルコさん」の話はよくできすぎていた。

本当にあったことを脚色したわけではなく、最初から人為的に創られている、そう感じた。それでもこの話は実際に伝染した。しかも、小学校に全く関係のない私に。

あの話だと、ハルコさんが出てきて、「男の子を探してください」と言われるはずだが、一向にそういうことが起こる様子はない。

黒いガウンの男が消えた今、私は聖堂中に詰め込まれた女が気味の悪い声で呟《つぶや》くのを聞いているだけだ。

立ち上がって、ハルコさんを探さなくてはいけないと分かっている。

でも、どうしても、頭が割れそうに痛い。

「ママごめんなさい」

やめて欲しい。そんなことを言うのは。

「ママごめんなさい」

謝ったところで、無意味なのだ。

「ママ」

母親は、娘《私》のことを、何をしてもいいモノだと思っているのだから。

謝って許してくれたことがあるのか？

いや、そもそも、謝らなければならないことをしたことがあるのか？

ない。どちらもない。生まれたこと自体を責められているのだから、謝っても、謝らなくても、何をしても同じなのだ。

それなのに、なぜこの人たちは謝っているのだろう。

やめて欲しい。

「ママごめんなさい」

うまく息が吸えない。

電車が通るたび軋《きし》む汚いアパート、その中の、もっと汚い部屋の、押し入れ。

私の造った宮殿。

私はずっと待っていた。母親が押し入れを開けるのを、待っていた。七菜香にあげてしまったからだ。

左手首を握り締める。でも、もうそこにブレスレットはない。

あのブレスレットは本当に本当に、大事なものだ。

あれを作った人を、今私は「母」と呼んでいる。しかし、勿論《もちろん》彼女は私と血が繋《つな》がっているわけではない。私と血が繋がっている人間はゴミだし、今ゴミはこの世にいない。

母と最初に会ったのは児童養護施設「のぞみ園」の里親交流会だ。

その時の私は、施設の職員や、病院の職員の優しさを全く受け入れない、親そっくりのゴミだった。自分が持っている例外的な力に溺《おぼ》れ、自分がやりたいことをやっていいのだと勘違いしている、粗暴な野猿のような子供だった。

里親交流会のあるときも、私は他の子供たちが集まる部屋とは別の部屋にいた。どうせ引き取り手など現れないし、いないし、どうでもよかったからだ。

里親になりたい人が、子供を選べるということはない。施設が里親として適格かどうか、年収、性別、生活環境など含めて慎重に審査する。しかし、施設が審査するのは「親」だけではない。「子」も審査される。親から虐待を受けた子供は、その精神の傷が癒えていないうちは、しばしば問題行動を起こしてしまうことがあるからだ。本人の責任ではない。しかし、私は違う。今になって思う。私は親がゴミでなくても、元々ゴミだったかもしれない。とにかく、容姿が悪く、愛想がなく、癇癪《かんしゃく》を起こし、ものを破壊し、不気味な力で人を傷付ける私が「子」として不適格なことなど、火を見るより明らかだった。

「そんなところで何をしているの」

声をかけてきた母の第一印象は、「太ったおばさん」だった。私と同じように、お世辞にも容姿が良いとは言えない。少女趣味の洋服を身にまとい、いかにも優し気な笑みを浮かべている。シチューの箱に書いてあるイラストのようでかわいい、と言えなくもなかったが、私の心は荒《すさ》み切っていて、その優し気な雰囲気にさえ苛《いら》ついた。

私が無視していると、

「お友達と遊ばなくていいの？」

「友達じゃないし」

友達と呼びたかった。本当に皆いい子だった。私をいじめたりせず、そっとしておいてくれた。

彼らはそのとき、見学に来た里親候補たちと一緒になんらかの遊びをしていた。私には縁のないことだった。

「おばさんこそあっちに行かなくていいの？　さっさと出てってよ」

私は視線を床に落としたまま言った。そして、力を込めて、壁にかかっていた時計を床に落とす。プラスチックでできていたから大きな音はしなかったが、時計の表面は砕け、短針が部屋の端まで飛んで行った。こういうことも、幼い私はできたのだ。

こうやって、手を差し伸べてくれる優しい人たちを拒絶していた。

いかに優しい人でも、全く相手に優しさを受け入れる土台がなければ諦《あきら》めて去って行く。

「出て行きなよ」

「次はおばさんの頭に当てるから」

顔を上げる。でも、そこには私の想像する、怯《おび》えて青ざめた顔はなかった。

「そう、人魚姫が好きなの」

彼女は柔和な笑顔を崩さなかった。

「私も好き。でも、最後は少し悲しいわ。泡になって消えちゃうなんて」

何も言えなかった。ただただ動揺し、足が震えた。

この女は、私の中身が見えている。

人魚姫は、少し前まで私の宮殿の玉座に座っていた女王だ。

母親が、まだほんの小さかった私に気まぐれに買い与えたアニメ絵本の人魚姫。私はそれを大事に、何度も何度も、繰り返し読んだ。そして、何度も何度も人魚姫のことを考えているうちに、人魚姫は実体を持って私の目の前に現れた。私は、日常の大半を過ごしていた押し入れの中に、彼女を迎える宮殿を造り、生ごみやチラシで飾り立てた。

私の両親を殺したのも、親切な人魚姫が私の想いに応《こた》えてくれたのだと思っていたのだ。残念ながら、すべて私が作り出した妄想で、私が、私の手で両親を惨殺したのだが。

誰にも話したことはなかった。

両親の死は事故ということになっていたし、私は事故現場にいた、哀れな被虐待児童ということになっていた。

それなのにこの女は、人魚姫の話をしたのだ。

「黙ってよ」

木製の椅子が床に叩《たた》きつけられた。椅子の脚がもげ、あらぬ方に飛んでいく。

「あなたのせいじゃないわ」

彼女が近付いてくる。

「ウサギが死んだのは、あなたのせいじゃない。カナエちゃんのことも、わざとじゃないでしょう？　あなたのせいじゃないわ」

「黙って！」

カナエ。橋口《はしぐち》香苗。私をいじめていた小学校のクラスメイトだ。

動物小屋にいたウサギの耳を切って、朝ごはんだと言って私に食べさせようとした残酷な子供。

私がいらない、消えろと願ったら、どこからか看板が飛んできて、彼女の胴体を刺し貫いた。彼女もまた、私が殺したのだ。

そのときも私は哀れな被害者だった。

誰にも言わなかったし、言ったとして誰が信じただろう。

橋口香苗を殺してから、私は自分の力が絶対であると思い始めたのだ。

自分には人を好きなようにできる力があって、世の中には両親や、橋口香苗のようなクズが溢《あふ》れている。だから、私が殺さなくてはいけないと思っていた。

幼稚で独善的な万能感でいっぱいだった。

しかし、この人は違う。

クズではない。こんなに優し気なクズはいない。

それでも、私は今すぐ消えて欲しいと思った。

自分すら分からないような自分の内側をすっかり見透かされている、そのことが恐ろしかった。

私の意志をそのまま反映して、その場にあった椅子、机、木の板——色々なものがめちゃくちゃに飛んだ。鈍い音がする。いくつも彼女に当たっている。

しかし、彼女は顔を顰《しか》めながらも、一歩一歩近寄って来て、もう目の前にいる。

「怖がらないで」

私の左手首は、摑《つか》まれていた。

「離せよ」

パイプ椅子が彼女の頭に当たった。低い呻《うめ》き声がして、頭から一筋血が流れている。

「離さない」

彼女はきっぱりと言った。

「あなたを安心させたいの」

「安心なんか、いらない！」

彼女の手が温かくて泣いてしまいそうだった。私は流れ込んでくる温かいものを受け取りたくなかった。私が受け取ってはいけないものだった。

彼女の手に力を集中させる。

「いらないの！」

籠《こも》った音がした。彼女の腕が、関節とは逆方向を向いている。

「ほら、だ、大丈夫だった」

明らかに涙目になっているのに、痛みで声が震えているのに、彼女は笑顔を崩さなかった。

「どこが大丈夫なんだよ！」

私は余計に恐ろしくなった。

「そんな、う、腕、折られて、変な方向に曲がってるのに、どこも大丈夫じゃない！」

彼女は折れていない方の手で、また私の手首を掴んだ。

「私、生きてるわよ。あなたに要らないって言われたけど、生きてる。あなたは罪もない人を殺したりするような子じゃない。あなたのせいじゃないの」

言葉にならなかった。

恐怖と喜びと安心がごちゃごちゃに混ざって、どうしようもなかった。私はただ、言葉を持たない獣のように、吠《ほ》え泣いた。

「私はあなたみたいにすごい力は持っていないけど、昔から人の考えていることが分かってしまうの。随分悲しい思いもしたわ」

佐々木百合子《ゆりこ》、と名乗った彼女はそう言った。

サトリの化け物、という妖怪《ようかい》が飛驒《ひだ》の山奥にいる。その妖怪は百合子と同じように、人の考えていることが全て分かってしまうのだそうだ。百合子は、その妖怪に自分を喩《たと》えて、普通の人にとっては気持ちが悪いわよね、と言った。

そうだ、私が妖怪や不思議なことに興味を持って、学問として学ぼうと思ったきっかけも百合子だった。

「でもね、悲しいことばかりじゃないの。今は、この力を使って、人のお話を聞く仕事をしているわ。うんうん、そうだね、って、ただ気持ちに寄り添ってほしい人も沢山いるのよ。インチキ占い師、って言ってくる人もいるけど——まあ、何が言いたいかって言うと、せっかく人とは違う力があるんだから、何かに使えないかなって思うのよ」

「私……人殺ししか、できない」

「そんなことないわよ」

百合子は微笑んだ。

「人を殺せるほど強い力を持ってるってだけなんだから、人殺し以外だって色々できるわよ。だいたい、スーパーマンとかバットマンだって、人を殺せるけど、彼らはヒーローであって人殺しではないわよね」

「なにそれ」

「ああ、知らない？　今度家に来た時、ビデオ見せてあげる」

私は驚いて彼女の顔を見つめた。

「百合子……さん、里親になってくれるの……？」

「そりゃ、私はそうしたいけど、私があなたを選べるわけじゃないからさ」

百合子は唐突に目を瞑《つぶ》って、と言う。私がその通りにすると、左腕に何か固いものが当たる感触がした。

目を開ける。色とりどりのビーズが輝いていた。

「ブレスレット、きれいでしょう？　ちょっと大きいけど……もらってくれる？」

ブレスレットは腕を下に向けると取れてしまいそうだった。私は慌てて外し、両手で握り締める。

「あなたがもう少し大きくなって、その時も私と友達になってもいいと思ってくれていたらさ」

私は赤面した。またしても読まれている。「友達になれそう」などと思ってしまったことを。

「一緒に暮らさない？　面白い力を持ってる者同士、楽しく暮らせると思うのよ」

私は頷《うなず》いた。素早く、何度も。

少しでも頷くのが遅れたら、百合子が「やっぱりやめよう」と言い出すかもしれないと思って。

それから何年かして、中学を卒業し、私は正式に百合子の養子となった。

彼女は本当に優しかった。彼女の夫である健一《けんいち》さん――残念ながらもう亡くなってしまったが――と、三人で、本当の家族のように過ごした。彼女の作る料理は美味《おい》しくて、すぐに彼女と同じ体型になってしまったが、お母さんとそっくりね、と言われると嬉《うれ》しかった。

どんなに優しくいい人たちに囲まれ、優しさを与えられても、私が両親から受け継いだどうしようもない部分は消えない。しかし、私はなんとか人間でいられる。百合子のおかげだ。あのときから人を傷付けることもやめた。溢れ出る暴力性と残虐性は全て人ならぬものにぶつけている。

あのブレスレットは大事なものだった。

血縁のない百合子と私の臍《へそ》の緒《お》のようなものだ。

でも、もうそろそろ百合子からは離れなくてはいけない。

百合子はいずれ死んでしまうのだ。そうなったら私は、一度手に入れた母を、ふたたび失うことになる。そうなったら私は、また人間ではいられなくなる。

今なら、大丈夫だと思う。

青山君がいるからだ。

青山君は私の守るべきものであり、一緒にいると元気になる健康守りであり、母になってくれるかもしれない人だ。

私は学んだのだ。人は死んでしまう。いつかいなくなる。だから一人に頼っていてはいけないのだと。スペアを用意しなくてはいけないのだと。

私は少し前まで彼のことを子犬のような男だとしか思っていなかった。

誰からも嫌われない善人で、愛想がよく、気が利いて使える人間。それだけの存在だった。

しかし数か月前の事件で確信した。彼は私を信じている。心の底から信じていて、私と一緒に歩こうとしている。お人よしなだけではない。

私は知っている、こういう存在を母と呼ぶのだ。

物部に知られてしまったのは失敗だった。

のうがわりい。

土佐弁で、気持ちが悪いという意味だ。

散々罵《ののし》られた。しかし、私の心には響かなかった。

物部は確かに、私より苦労しているかもしれない。体も不自由で、未《いま》だにとてつもなく悪いものに体を蝕《むしば》まれている。私より十ほど若いが、私と同じ年まで生きられないだろう。

しかし、彼には家族がいる。彼の母親も、彼の祖父も、いや、彼の周りの人間は全員、彼を愛し、助けになろうとしている。

そんな彼に私の気持ちなど分かるはずがない。

母親に捨てられた私が母親を求めるのは間違っているだろうか。

母親に死なないでほしいと思うこともおかしくないはずだ。

母親の有難さなど、元からいる人には分からないのだ。

青山君。

そうだ、彼のことが心配だ。

私がこのような夢の中にいるということは、彼も同じ目に遭っている可能性が高い。

彼には辛《つら》い目に遭ってほしくない。

「ママごめんなさい」

顔に靄《もや》のかかったような女を押しのけて立ち上がる。その途端、女共が一斉に顔を上げた。

目尻《めじり》の下がった二重瞼《ふたえまぶた》。まっすぐ通った鼻筋。やや小さい口。

皆、同じ顔をしていた。

頰の内側を嚙《か》んで、悲鳴をかみ殺す。

「なんでここにいるの？」

鼻腔《びくう》に、青臭い香りが充満する。草の匂い、でも頭が痛くなるほどきつい。

肩を後ろから強く摑《つか》まれた。

「なんで？」

女共が消えている。もう、長椅子もない。聖堂すらもない。

何もない空間に、化粧の濃い、背の高い女が立っている。

「あんたなんか呼んでない。帰れ、ブス」

女が口を動かすたびに、パラパラと粉のようなものが散る。

見ると、女の口元は塗装がひび割れたようになっていた。

ごりごりごり、と音が聞こえた。遅れて理解する。敏彦の言っていた音だ。

するとやはり、ハルコさんと、敏彦のストーカーは、同一人物なのか。

だとしたら、長椅子に詰め込まれるように座っていた同じ顔の女共は誰なのか。

ごりごりごり。

うまく頭が回らない。

押し入れ《私の宮殿》が思い浮かばない。

思い浮かぶのは、

「ママごめんなさい」

「先輩！　大丈夫ですか？」

青山君だった。

そうだ、ここは事務所だ。仕事を終えて、帰って来てそのまま寝てしまった。それで、

夢を。

「ママ、ごめんなさい……」

腕に縋《すが》りつくと、口から、同じ顔をした女共の言葉が漏れる。彼の体が震えるのが分かった。

慌てて口を押さえて、青山君を見上げる。

「先輩って、家ではお母さまのことママって呼んでるんですか？」

屈託のない笑みを浮かべて、ギャップがありますね、と彼は言う。

物部に分かるわけがない。彼みたいに、正しくて、強い人間には。

私や敏彦のような異常な人間の気持ちは分からない。

「これからずっと、あなたのこともママと呼んで差し上げましょうか？」

声が震えてしまう。

青山君は声の震えに気付くことなく、僕は男ですよ、と言った。

6

事務所のドアを開けると、うめき声が聞こえた。

慌ててるみの姿を探すと、ソファーに寝転がっている。ひどく魘《うな》されているのだ。

「先輩」

軽く揺すると、顔を覆っていた腕が床に落ちる。

眼鏡がずり落ちていた。

頬に幾筋も涙の跡がある。

「先輩！　大丈夫ですか？」

今度は強く呼びかける。

「ママ」

るみがばっと起き上がって、そのまま青山の腕に縋りついてくる。

「ママ、ごめんなさい」

泣きながら顔を強く押し付けてくるるみに戸惑いながらも、青山は目の周りを拭《ぬぐ》ってやった。

「先輩、どうしたんですか？　大丈夫ですか？」

るみと目が合う。るみは目を丸くして、青山を突き飛ばすような勢いでソファーに突っ伏した。

その様子がなんともかわいらしくて、青山の口からは無意識に笑い声が零《こぼ》れた。

「先輩って、家ではお母さまのことママって呼んでるんですか？」

るみはソファーからゆっくりと顔を上げて、眼鏡をかけ直した。青山の問いには答えない。

少し感じが悪かったかな、と反省して、

「僕の前では『母上』とか『母様』とか呼んでるから、ちょっと意外で。ギャップがありますね」

「これからずっと、あなたのこともママと呼んで差し上げましょうか？」

よほど恥ずかしかったのか、語尾が震えている。

「いやいや、僕は男ですよ、間違えようがないでしょう。何言ってるんですか」

青山は、少し前に味わった恐怖感がいつのまにか和らいでいるのに気付いた。

ミルク多めのカフェオレを作りながら、青山はミキから聞いた話を伝えた。

そして、門脇春子が、ポーリク青葉教会の信者だったことと、「ハルコさんの呪い」を故意に拡散しているのがその息子、佐山祐樹ではないかということ。

さらに、ミキと公園で見た不気味な女。

るみは熱いカフェオレを一気に飲み干して、

「夢は見ましたか」

「夢？」

「ハルコさんの夢ですよ、最初は教会……」

真剣な顔で青山を見つめている。

「いえ、見てませんよ。僕は見ないんじゃないかな……大人だし、小学校関係者でもないですし……その代わり、起きてるときに見てしまっているわけですが」

自分で口に出してから青山は思い出す。

『寝ちょるのも、起きちょるのも、同じっちゅうこと』

物部の言葉だ。このことを言っていたのだろうか。

寝ていても、起きていても、ハルコさんは現れる。ハルコさんはいる。夢の中だけの存在ではない。

「ああ、時間がない」

るみが短く言った。

「そうかもしれないですね……敏彦さんが心配だ」

結果的に、佐山祐樹の行動は功を奏してしまったのだ。

小学生たちは「ハルコさん」の名前を知り、広め、「ハルコさん」は強くなった。

信仰を多く集めた神はご利益がある。力が強い。それと同じだ。

「それで……どうしましょう」

耳を疑った。

いつものるみなら、相手が強いにしろ、弱いにしろ、正体がわかったら即座に行動する。るみ自身がお祓《はら》いのようなことをするときもあれば、物部のようなより強い術者に頼ることもある。

しかし、今、るみは「どうしましょう」と言った。青山に意見を求めているのとも違う。

「知らなければよかった」

るみは絞り出すような声で言った。

おかしい。どう考えても変だ。

るみの原動力は知的好奇心だ。

大学時代のるみは、生き生きと輝いていた。青山の所属する斎藤ゼミの院生としての彼女も、大学の外で会う彼女も、目の前の不可解な出来事に一生懸命取り組んでいた。

「知りたくない」などという言葉からは最も離れた存在だった。

るみの目には力がなかった。涙が乾いて、白い塊になって目元を汚している。

「先輩……」

「だって、どうしたらいいんですか？　未《いま》だに母を求めている私が、母に支配されている可哀想な子供になんと言葉をかければいいの？」

青山はるみに何も言えなかった。そもそも、何を言っているのか、全く分からなかった。

青山が黙っていると、

「ごめんなさい」

るみは消え入りそうな声で言った。

「ママって呼んでもいいですよ」

青山の口から、思ってもみない台詞《せりふ》が零《こぼ》れた。るみも驚いた顔で見ている。

「よく分からないですけど、るみ先輩が元気になるならなんでもいいです。どうしたらいいか分からないなら、この件に関わるのが難しいなら、僕一人で頑張ってみます。だって、正直……正直、敏彦さんより先輩の方が心配だから」

勢いのままそう言い切る。すべて本心だった。

青山はるみの言うことは分からない。しかし、「母」という存在に何かしらの悩みを抱えていることくらいは想像ができる。青山は、るみが「母上」と呼んでいる、ぽっちゃりとした体型の優しそうな中年女性を思い浮かべる。傍目《はため》にもるみと仲が良さそうで、彼女は青山にも親切だが、人間は外から見ただけでは分からない。

悪い人ではなくても合わない人間というのもいる。

いずれにせよ、るみのいつもとは違う様子が心配で、ハルコさんの力が強大になり、敏彦が危険にさらされているということよりも青山にとってはるみを元通りにすることの方が優先事項だった。

るみは口をぱくぱくとさせる。目線は所在なげに彷徨《さまよ》っていた。

青山も自分が言ったことが意味不明で、少し恥ずかしくなってくる。ママって呼んでもいいですよ、とはなんだろうか。恐らくるみは母親に関する嫌な夢を見て、魘《うな》されて、起きぬけに間違えて「ママ」と呼んだだけなのに。

「ありがとう、ございます」

ややあってからるみがおずおずと口を開いた。

るみはゆっくりとソファーから立ち上がった。

それとほぼ同時に、足元から這《は》い上がってくるような不快感で、青山は顔を歪《ゆが》めた。

るみの方に目をやると、るみも同じような顔をしている。

「来ましたね」

るみが言った。

「青山君も分かるんですね。一度会ってしまったからかもしれません」

物部のおかげで「霊感」的なものが鋭敏になっていることはまだ言い出せていない。

青山は頷《うなず》いた。

「近くにいるんですね、ハルコさんが」

「ええ」

るみは大きく伸びをして、スリッパを脱ぎ捨て、スニーカーに履き替える。

「行くんですか？　その、大丈夫なんですか？」

「大丈夫ですよ」

るみは振り向かずに答えた。

「さっき言ったことは全部忘れてください」

「……はい、先輩が言うなら」

青山は黙って事務所を出るるみの後に続いた。

第五章　見る

1

亀村には、何も話さなかった。具合が悪くて限界だ、病院に行く、というのが方便であることは、長年警察官をやってきた彼にはお見通しだったかもしれない。でも、気絶しそうなほど具合が悪いのは本当だ。

門脇春子、享年三十三。

なぜ、死人を犯人だと言ったのか。

そんなことは敏彦にも分からない。

ハルコさんが故人である門脇春子だというのなら、敏彦は死人にストーキングされていたということになる。

死人が股《また》から血を流すのか？

女性の性の象徴とでも言うべき月のものが、死人に起こりうるのか？

何もかも分からない。

三好が適当なサンプルで三次元モデルを作った？　三好は門脇春子を知っていた？　嫌がらせのために渡した？

考えにくい。そんなことをするメリットがない。

体を引きずるようにして電車に乗り、飯田橋で降りて改札口を出る。

暗い。

このあたりは、ほとんど人通りがない。

等間隔に立った街灯が霞《かす》んでぼやける。

とにかく、るみに頼るしかない。もはや、彼女以外どうすることもできない。頼れない。

普段はなんなく歩ける距離が、今は何十時間歩いてもたどり着けないように感じる。

亀村と別れてすぐに、また頭の中にごりごりごり、と響くようになっていた。

門脇春子。あの女の化粧の濃い、白い顔。亀村の言っていた通りだ。あれは、門脇春子の、美しさに執着した醜い顔だったのだ。

頭が重い。

あの女に見られている。

体が痛い。

あの女に見られている。

目の奥が痛む。血が流れているのかと思った。涙だった。

もう駄目かもしれない。

あの女に見られている。

膝《ひざ》に力が入らない。

「片山先生！」

地面に崩れ落ちそうになる寸前、誰かの腕に抱き留められた。優しげな目元。少し丸みのある輪郭。

佐山祐樹だった。

華奢《きゃしゃ》な体格の彼では全く力の入っていない敏彦を支えきれず、一緒に地面に倒れこむような形になる。

それでも、佐山の顔を見た瞬間、安堵《あんど》で泣きそうになった。

彼のかおかたちを見るだけで、とても安心させられる。

「ごめんなさい、支えられなかった」

「佐山君……どうして」

佐山は腰を押さえて立ち上がり、敏彦に手を差し伸べた。

「飯田橋に通ってる歯医者があって、その帰りです。びっくりしました。片山先生こそ、どうしてこちらに？」

少しだけ躊躇《ためら》った後、敏彦は佐山に事のあらましを話した。

ずっと、謎の付き纏《まと》いに悩まされていたこと。歩道橋の事件から、直接的な危険も感じていること。最初は職場の人間を疑っていたこと。しかし、どうも人間の仕業ではなさそうであること。

三好のシステムの話や、亀村から聞いた門脇春子の話などはしなかった。

佐山は恐らく、すべて話しても否定などしないだろう。ストーカーの正体が分かった今、翠も、川原も、職場の人間は皆警戒の対象から外していい。だから、きっと話しても大丈夫だ。ただ、そんなことを悠長に話していられるほど、今の敏彦に余裕はなかった。

「だから、今から、お祓《はら》いのできる知り合いのところに行こうと思ってて」

「ついていきますよ」

佐山は笑顔で言った。

「え、いいよ……ここから、すぐだから」

「だめですよ」

佐山は敏彦の腕を抱えるように持った。

「こんな震えてて、具合の悪そうな人を放っておけません。それに、ずっと見てましたから」

佐山はそう言うと、慌てて変な意味じゃないですよ、と言い足した。

「元気がなくて心配してたんです。だから、いまちょっと安心しました。その、オバケ？　とかはよく分からないけれど……なんとかなるってことですよね」

「ありがとう」

相変わらず脳が揺れ、吐き気がするが、佐山のような穏やかで常識的な人間と話しただけで、敏彦の気分はほんの少しだけましになった。

よりかかってもいいですよ、という佐山の冗談に笑みさえ零れる。

地面に手をついて腰を上げると、

「その人から離れなさい」

乾いた声が聞こえた。

「佐々木さん……」

佐々木るみがいつもの薄汚れたスウェットを着て立っている。横には、青山もいる。彼はいつも柔和な笑みを絶やさないが、何故か今は張り詰めた表情で敏彦をじっと見ていた。

るみの眼鏡のフレームが、街灯を反射して光っている。その奥の目がどんな表情をしているのか、敏彦には分からなかった。

「いま、行こうと思ってたんだ、色々……分かって」

敏彦は佐山の腕を支えに、足を踏ん張ってしっかりと立つ。

「奇遇ですね、私もあなたに会いに行こうと思っていました、色々分かったから」

るみはそれだけ言って、動かない。青山と同じように、黙って敏彦を見つめている。

「あっ……あの、僕は」

沈黙に耐えかねたのか、佐山がおずおずと口を開く。

佐山が来てくれなかったら道で行き倒れになっていたかもしれないのだから、こんな気まずい思いをさせてはいけないだろう。

「こちら、同僚の佐山君。歯医者の帰りに、たまたま通りかかってくれて、それで」

「たまたま？」

敏彦の言葉を遮ってるみが言った。

「へえ、たまたま」

言い方がかなり刺々《とげとげ》しい。るみは非常識な女だが、失礼な女ではない。怪訝《けげん》に思いながら、

「ちょっと佐々木さん、言い方きついよ。佐山君がいなければ」

「そうですね。佐山さんがいなければ、片山さんはこんなに苦しむこともなかったでしょう」

何を、と聞き返そうとして気が付く。左腕が痛い。歩道橋から転げ落ちたときと同じくらい、疼《うず》くように痛む。

ごりごりごり
頭の中に響く音ではない。

これは、隣から聞こえてくる。

ごりごりごり
左腕が痛いのに、やめてくれと言って振り払いたいのに、左を向くこともできない。
ごりごりごり
耳元で聞こえた。
「たま、たま、です、よ」
左にいるなにかは、一音一音区切るように言った。
「たま、たま、みつ、けた」
ごりごりごり
「すてき、だった」
ごりごりごり
「いちばん、きれい、あたま、よくて、やさしい」
ごりごりごり
「きれい」
ごりごりごり
「まま」
左腕に衝撃が走る。思わず目を瞑《つぶ》る。喉《のど》の奥から悲鳴がせり上がってくる。寸前で、分厚い掌《てのひら》に敏彦の口は塞《ふさ》がれた。
目を開ける。

るみが鋭い目つきで正面を見据えている。眼鏡のつるが折れ、レンズが目とはずれた位置に落ちている。

声を出そうとして、敏彦の口を押さえている掌にふたたび強い力が加わったのが分かった。

「声を出さないで、見付かる」

敏彦は、頷《うなず》くことさえできなかった。

ごりごりごりという音は遠くなったが、まだ聞こえる。

ゆっくりと音のしている方向に顔を向ける。

佐山だった。

佐山が、首を滅茶苦茶《めちゃくちゃ》な方向に回しながら、まま、まま、とか細い声で呟《つぶや》いている。

まま、という言葉に応《こた》えるように、ごりごり、ごりごりごり、と音が聞こえた。

佐山の後ろに黒い影のようなものが見える。あの音はそこから聞こえているようだった。

「とし、ひこ、どこ」

「あなた、いつから彼を呼び捨てなんてできる間柄になったんです？」

「ねえ、いつから？」

佐山が首を振り回すのをぴたりとやめた。

「わた、し、としひこの、おくさん」

「あなたの妄想でしょ」

るみはハハハ、と大口を開けて笑った。

「だいたい、あなたは男なんだから、無理に決まってるでしょ」

「ちがう」

「男は男と結婚できないのですよ、この国では」

「ちがう、わたし、おんな」

「何言ってるんだか」

るみは嘲《あざけ》るように、

「あなたが自分で言ったんでしょ、『俺は男だ』って」

佐山が咆哮《ほうこう》した。

黒い影は、敏彦を呑《の》み込み、るみに迫っている。

視界が完全に遮られる前に、敏彦は佐山と目が合った。

叫び声は、まま、と言っているように聞こえた。

ごりごりごり

2

事務所を出てすぐ違和感に気付いた。

街灯が消えている。

平日・休日問わず夜になると眩《まぶ》しく光るトルコ料理店「とらぶぞん」の看板すら消えている。

遠くにぽつんと小さく明りが見える。

片山敏彦だ。

今夜は曇りで、月も明るくない。

その薄暗い月明りだけでも、敏彦の顔は眩《まばゆ》いほど美しいのだった。

駆け寄って行こうとして、強く袖《そで》を引かれる。るみが強い力で青山のシャツの袖を握り締めていた。

「いけません」

口に出されなくても気付いた。

敏彦が輝いているのではなかった。

黒く大きい靄《もや》のようなものが敏彦に纏《まと》わりついているのだ。靄は敏彦の全身を覆いつくそうとしている。暗闇よりもなお暗い靄が、敏彦の肌を輝くように見せているのだ。

「その人から離れなさい」

るみが大声で怒鳴った。

「佐々木さん……」

殆《ほとん》ど距離は離れていないはずなのに、敏彦の声が遠くに聞こえる。

「い■いこ■■■■■■■だ■■■わかっ■」

敏彦が何か話すたび、黒い靄が揺れる。墨で塗りつぶされたように黒いのに、それは女の顔に見えた。

ごりごりごり
歯ぎしりの音が響いて、敏彦が何を言っているのか分からない。

「奇遇ですね、私もあなたに会いに行こうと思っていました、色々分かったから」

るみの声ははっきりと聞こえる。

歯ぎしりの音も、黒い靄にも邪魔されずに。

——死ね
靄から低い声が聞こえた。掠《かす》れた声で呪っている。

「こち■どう■■■さやま■■■■■かえり■たまたま■■■■■てくれ■■■■」

「たまたま？」

敏彦の言葉を遮ってるみが言った。

「へえ、たまたま」

「■■■■ささき■■■■■きついよ。さやま■■■■■■」

「そうですね。佐山さんがいなければ、片山さんはこんなに苦しむこともなかったでしょう」

るみは口元に薄笑いを浮かべて、滔々《とうとう》と話している。黒い靄はるみが声を発すると強く収縮し、また拡散する。

るみが地面を蹴《け》った。気が付くと、敏彦は青山の足元に蹲《うずくま》っている。

一瞬の出来事だった。

どうやらるみは、黒い靄から敏彦を引きずり出し、連れてきたようだった。

敏彦が口を開こうとすると、るみはその口を強く手で塞いだ。

「声を出さないで、見付かる」

黒い靄は収縮と拡張を繰り返しながら、徐々に人間のような姿に形を変えている。

「あなたの妄想でしょ」

青山には全く聞こえない声と、るみは会話を続けている。

「あなたが言ったんでしょ、『俺は男だ』って」

肩が地面にぶつかったことに気が付いたのは、猛烈な痛みを感じた後だった。

ぐらぐらと視界が揺れる。タイルに手をついても、一体そこが地面なのか、それ以外なのかも分からない。

「先輩」

るみはどこにもいなかった。

「敏彦さん」

目の前で敏彦が闇に呑まれた。

ごりごりごり
四方八方から歯ぎしりの音が聞こえる。

3

私もあなたと同じ、青葉南小学校に通っていたよ。

ほんとうに短い間だったけどね。

あなたとちがって、私は可愛かった。

それで、あなたとちがって、嫌々女の子の恰好《かっこう》してたんだよ。

私のママはね、昔、すごく綺麗《きれい》だった。

バレエダンサーだったの。海外では通用しなかったけど、日本ではアイドルみたいに人気があった。

それでね、どうやら、男の人が嫌いだったみたいなんだよね。

うーん、嫌いっていうのとは、違うのかな。

憎んでた、っていう方が正しいかも。

「みんなあたしから勝手に取っていく」

って言ってたかな。何を取られたんだろうね。蜜《みつ》かなあ。

お花に虫が集《たか》るでしょう？

ママには、男の人が虫に見えていたみたいなの。だったら付き合わなければいいのに、ママは男の人と付き合うのをやめなかった。パパ以外の男の人と、たくさん。

パパは優しかった。一回も怒らなかった。でもね、怒るべきだったのよ。怒って、殴って、二度としないように閉じ込めて、躾《しつ》けるべきだった。

そうしないから、ママは勘違いしたんだ。パパは自分のことを愛していないから怒らないんだと思ってしまったの。

「パパは私のことを愛していないの」

ママが私に言った。

そう言って、すごい、怖い顔でね、歯を鳴らすのよ。歯ぎしりするの。

「怒られたことないでしょう？　あなたのことも愛していないのよ」

ごりごりごり、ってすごい音がして、歯茎から血が流れてた。

こわくて、悲しくて、私はすっかり信じてしまった。

パパには沢山女の人がいて、ママや私に構う暇がないんだっていう、完全な妄想もね。そんなわけなかったのにね。

パパは人の何倍もよく働いていたのに、自分の休みは全部私たちに使ってくれていた。ママは人気も仕事もなくなったのに、毎日別の男の人と遊んでいた。

でもね、私はママが好きだったのよ。

ママに憧《あこが》れてたの。

だからママについて行った。

ママはね、バレエダンサーになる前は、このあたりに住んでたんですって。

教会の見える素敵な家。

もうその家はなかったけれど、ママと私は窓から教会の見える部屋を借りて暮らすようになった。

ママと教会に通っていたこともあったけど、すぐにやめちゃった。

だって、神様にお祈りしても、老化からは逃げられないからね。

ああ、老化って、分かんない？

年を取ることよ。

年を取るって、醜くなること。

あなたみたいな子は分からないでしょう。元から醜いんだから。

綺麗な人たちにとってはね、死ぬよりも恐ろしいことなのよ。

しかもね、死ぬこととちがって、年を取ることはとっても不平等なの。

すごく若く見える人もいれば、すごく老けて見える人もいるでしょう？

ママはね、可哀想だけど、すごく老けて見える人だった。

パパと離れて、私と二人で暮らすようになってから、本当に急に、おばさんになってしまったのよ。

肌はしわしわ、頭も白髪が多くてね、染めても染めても間に合わないみたいだった。

そこで、病院とか行っていれば、何か違ったかもね。

でも、ママはそうしなかった。

ほら、たまにいるでしょう？

どう考えても重い病気なのに、具合が死ぬほど悪そうなのに、病院に行かない人。

「病院に行って病名がついたら病気になる」

みたいな考え方の人。おかしいよね。もう病気になっているのにさ。

ママもそうだったの。

病院に行ったりしたら、自分が老化しているのを認めなくてはいけなくなると思ったんだろうね。

舞妓《まいこ》さん見たことある？

顔が真っ白でしょ？

ママは、舞妓さんが使うようなおしろいを使って、全身を真っ白にしていたのよ。

たしかにしわもしみも消えたけど、ママがちょっとでも表情を変えると、パラパラって粉が落ちて、その部分だけ肌が見えるの。しわしわで、かさかさの肌が。

怖かったよ。

大好きで、あこがれのママが、急に白塗りのおばけみたいになっちゃったんだもん。

お花に集る虫だって、お花が枯れたらどこかへ行くに決まっているでしょう。

それで、誰も寄って来なくなっちゃったママがしたことは、踊ることだった。

すごく小さいアパートだったんだけどね、アパートの前に、カラーボックスを置いて、小さな舞台を作ったの。そこがママの劇場だったんだよね。

皆不気味だって言ってたよ。

不気味過ぎて、最初は心配してくれてた近所の人たちも来なくなっちゃった。

でもね、私は観客だった。

ママの踊りは綺麗だったよ。

片っぽの足だけでくるくる回るの。

羽が生えたみたいにふわっと飛ぶの。

衣装は汚れてて、顔からぱらぱらぱら白い粉が落ちていたけど、ほんとうに綺麗だったのよ。

それに、幸せな時間は、辛《つら》いことが起こらない時間は、そのときだけだったから。

私、嫌々女の子の恰好してたのよ。

ほんとうに嫌だったの。

当たり前でしょう、私は男なんだから。

でもね、仕方がないでしょう。

ママは、男を憎んでいるんだから。

女の子の恰好をしている間は、「ママのゆきちゃん」って呼んでもらえた。すごく可愛がってくれたのよ。かわいいかわいいって、褒めてくれて。

この名前も嫌だったな。

もし慎太郎《しんたろう》とか、そういう名前だったら、そんなふうに呼ばれなかったのに、とか考えてた。どんな名前でも、こうなっただろうけどね。

ちょっとでも男っぽいことをすると、ごりごりごり、って聞こえるの。

そう。ママが、ものすごい顔で歯ぎしりをしているの。

だから、私は、ピンクや水色の、フリルやリボンのついたお洋服を着て、お絵かきや、お人形遊びをして遊んだわ。

お風呂《ふろ》も、ママと一緒に入ってた。

一緒に入るとね、頭を洗っているときに、ごりごりごり、って聞こえてくるの。

そうっと薄目を開けてママの方を見るとね、私のおちんちんを見て、歯ぎしりをしているの。

怖かった。

いつか、切られちゃうんじゃないかと思って、一時も気が休まらなかった。

浴槽に体を沈めるときは、ママに見えないように、股《また》をぎゅっと閉じておちんちんを隠してた。そんなことしても、ごりごりごり、って聞こえてたけど。

勿論《もちろん》、家にいる時だけじゃないよ。

学校に行く時も、私は女の子の恰好《かっこう》で家を出た。

ママが小さいころ着てたっていう、チェックのワンピースとか、大きいクマさんのイラストが描いてあるTシャツとか。

そうだよね、男がそんなのを着て学校に行ったら、間違いなくイジメの対象。

近所に心配してくれる人たちがいるって話したでしょう？

その中でも、中野《なかの》さんっていうおじさんはとってもいい人でね、その人のお孫さんが着なくなった、男の子用の服をこっそりくれたの。

だから、私、女の子の恰好で家を出て、公園の公衆トイレで中野さんがくれた服に着替えてから、学校に行ってたの。

しばらくはうまくいってたよ。友達もできて、学校では、サッカーとかもして。楽しかった。

でも、そんなの続かないんだよね。ママにも、友達にも、嘘吐く生活なんかさ。

ある日、公衆トイレに入ったところを、クラスメイトの男の子に見られちゃった。

オカマ、キモい、そんな感じの反応。

鞄《かばん》の中から、女の子の服が出てきたから、もう確定だったよね。

色々されたよ。子供って、大嫌い。残酷だもん。

大人だったら理性が働いてできないことが平気でできるんだよね。まあ、大人でも、そういうことできる人はいるけど。

とにかく、学校も家も、地獄になっちゃったんだよね。

しばらくは我慢してた。でもさ、毎日毎日泣いて、吐いて、眠れなくて、ガリガリに痩《や》せてるのに、ママが「痩せて綺麗《きれい》になったわね」「女の子は細くないとね」とか言って喜んでるの見てさ。もう限界になったんだ。

ある日、私、家に帰ってさ、ぐちゃぐちゃになった、大きなリボンのついたスカートをママに投げつけてさ。

「こんな恰好、やめたい！」

今まで怒鳴ったことなんてなかったんだけど、びっくりするくらい大きい声が出たの。

ママは、おしろいを肌に塗ってる最中だったんだけどね、ゆっくり、ゆっくり振り向いた。

それで、私の顔見て、にっこり笑ったんだよね。

すごく優しい顔だった。

ああ、早く言えばよかったんだ。

早く言わないから、ママは、私が好きでこういう恰好をしてるって勘違いしちゃったんだ。

そんなふうに思ったの。

ママは、優しい顔のまま私のほっぺに優しく手を置いた。そして、

「そうね、リボンはちょっと子供っぽいわね。もうお姉さんだもんね」

ママはにこにこしてた。それで、クローゼットを開けて、青いシンプルなワンピースを取り出したの。

「ゆきちゃんは色が白いからなんでも似合うわね」

ああ、ダメなんだ、ってやっと気づいた。

私のママは完全に壊れてるんだって、全然言葉の通じない別の世界に行っちゃったんだって、私に楽しそうにお洋服を合わせるママを見て思ったの。

「男だよ」

私ははっきりそう言ったの。

「俺は、男だよ」

ゆっくりゆっくり、違う世界に行ってしまった人にも聞こえるように。

ごりごりごり。

「謝りなさい」

ごりごりごり。

「謝らない」

ごりごりごり。

「なんでそんなことを言うの？　あなたは」

ごりごり。

「俺は、男だよ」

ごりごりごり。

私、ほんとうに馬鹿だった。

完全におかしくなってしまった人に、急に本当のことを言ったって、分かるわけがないでしょう？

中世の人に、「地球は本当は平らではないんです。世界に果てはないんです」って言うのと同じよね。分かるわけがない。信じられるわけがないの。

ママはね、謝りなさい、って繰り返した後、布団を被《かぶ》って寝てしまったの。私が謝らなかったから。しばらくごりごりごり、って聞こえてたけど、それもそのうち止んだ。

私はその日、ひとりで、ゆっくりお風呂に入って、ぐっすり寝たわ。

ママはずっと寝ていたけど、きっと明日《あした》になれば大丈夫だって。

毎日、ちゃんと、俺は男だって言えばいつか分かってくれるんだって。

そうはならなかった。

次の日、目が覚めたの。部屋は、いつもママの香水で、ヨモギの良いにおいがしてたんだけど、その日は全然別のにおいがした。臭くて、臭くて、鼻がひくひくして、目が覚めたの。

ママはね、真っ赤だった。

ひどいにおいがするわけだよ。

真っ赤で、ぐちゃぐちゃになってたんだから。

足元に、包丁が転がってた。ママは料理なんてほとんどしないから、久しぶりに使ったんだろうね。

私はね、頑張って、血を止めようとしたの。

女の人が生理になるの知ってるでしょう？　お股から血が出るの。

「ゆきちゃんもいつか使うことになるのよ」

ってママに言われてたから、知ってたんだ。生理用ナプキンがすごくよく、血を吸うってこと。

たくさん、ママのお腹に張り付けてみたのね。無駄だったけど。

生理用ナプキン、今でもとってあるんだ。赤くて綺麗だったけど、今では真っ黒になっちゃったよ。

ママは動かなかった。すごく冷たかった。

しばらく、見てたよ。

ごちゃごちゃに混ぜられてたママの中身。

ところどころ、おしろいが剝《は》げてて、ぼろぼろの肌に赤が入って、おかしな水玉模様になってた。

それで、口がぽかんと開いてたんだよね。

私は結局、そこをじーっと見てたな。

人間の歯って、表面はふつう、でこぼこしてるでしょ。

ママは違ったんだよね。

全部平らだった。

そりゃそうだよね、って思って。

だってあんなに歯ぎしりするんだもん。

そのときは悲しいとか怖いとかなかったの。お腹も空《す》かなかった。

ママのひどいにおいに気付いた中野さんが通報してくれたんだけど、三日くらいそのままだったみたい。

本当にそのときは何もなかったの。

病院に連れて行かれて、警察の人に色々話を聞かれて、私はパパと一緒に暮らすことになった。パパも、おじいちゃんもおばあちゃんも優しかったから。私はもう、女の子の恰好をしなくてよくなったから。

でもねえ、やっぱり、そんなにうまくはいかないのね。

私だけ幸せにはなれないのね。

夜、トイレに行ったときだったかな。

ズボンのチャックを降ろしたとき、ごりごりごり、って。

最初は気のせいだと思った。耳を塞《ふさ》いで、目を閉じれば、ママはいなくなった。

でもね、ダメなのよ。

あなたに教えてあげる。

いない、見えない、知らない、強く思えば思うほど、どんどん大きくなっていくの。

あっという間に、ママはずっと、一日中、私と一緒にいるようになった。

さすがに私も分かったの。いい加減、観念したの。

こういうことになってしまった原因は、ママが私とずっといる原因は、ママを殺してしまったからなのよ。

私は女の子だったの。ママと同じ、女の子。ママのゆきちゃんだったの。

私は女の子だったのに、男の子のふりをして、ママを悲しませて、ママの人生をめちゃくちゃにしてしまったのよ。男になって、ママを殺してしまったのよ。

最低でしょ。

……ママはね、人生をやり直したいんだって。

ママが幸せになれなかったのは、パパと結婚しちゃったせい。

パパ以外にも、寄ってくる男たちが、虫みたいな奴らしかいなかったせい。

女の子の幸せって、男の人で決まるらしいの。

男の人の価値って何だと思う？

お金があること。

頭がいいこと。

一番大事なのは、顔が綺麗なこと。

そういう人と結婚すれば、幸せになれたんだって。

パパじゃ、足りなかったんだって。

でもね、ママはもう、結婚できないでしょう?

だから、私が結婚しようと思ったの。

ママの幸せは、ゆきちゃんの幸せで、ゆきちゃんの幸せは、ママの幸せなの。

私は、ずっと探してたんだ。

それで、やっと見つけたの。敏彦さんっていうんだ。

お金もあるし、すごくいい大学を出てるから、頭もいい。

それにね、ほんとうに、顔が綺麗《きれい》なの。あんなに綺麗な人、どこにもいない。流行《はや》りのアイドルなんて、敏彦に比べたら、ジャガイモとか、カボチャとかだよ。

たまたま、電車の中で見つけたの。私が、見つけたの。

きらきら光ってて、星空みたいだった。

頑張って職場をつきとめて、そこに就職した。

敏彦だけがきらきらしてて、他はドブみたいな職場だったから、敏彦もすぐ、私を好きになってくれた。すぐ、仲良くなれた。

好きって言ってくれた。

指輪もくれた。

だからもう、結婚してるの。

だけどさ、おかしいよね、一緒に住まなきゃいけないのに、帰ってこないんだよ。

そんなのおかしいじゃないね。

夫婦なんだから、一緒に住まなきゃ、いけないのに。

一緒に暮らさなきゃ、ダメだよ。

そうじゃなきゃ、また、ママが不幸になっちゃう。

ママを幸せにできないの。

だから絶対絶対絶対、敏彦と暮らさなきゃいけない。

敏彦に幸せにしてもらわなきゃいけない。

ママも協力してくれるって言った。当たり前よね、ゆきちゃんの幸せは、ママの幸せなんだし。

でもね、協力してもらうには、ママはちょっと、弱いの。

なんでだと思う？

ママのこと覚えてる人が、全然いないから。

だって、ほら、あなた、バレエダンサーの門脇春子なんて知らないでしょ？

別に責めてるわけじゃないよ。あなた、小学生だし。

一番人気があったときは、ずっと前。

そのとき「好きです」「ファンです」なんて言ってた人も、「門脇春子、ああ、なんかそんな人もいたね」とか言うでしょうね。名前を聞いて、やっと思い出す程度。

皆が知らないと、門脇春子を知らないと、ママは弱くなってしまうのよ。さっきいったでしょう？　強く思えば思うほど……。

だからさ、あなたには、皆にママのことを教えてあげて欲しいの。ちゃんと、ママのことが分かるように、毎日ママのことを考えられるように。

大丈夫、ママはね、呼べば来てくれる。嘘にはならないよ。

ほら。

いるでしょ。

聞こえるでしょ、ごりごりごりって。

そう、これが、ママだよ。

綺麗でしょう。

なんでボクが、って、それは、ムカつくからだよ。

やめて、泣かないで。泣いたら、もっとムカつくよ。

当たり前でしょ。

不細工のくせに、不細工の男のくせに、そんな恰好《かっこう》して、メイクまでしてる。

でも、いじめられてないよね。むしろ、友達多いみたいに見える。

きっとあなたのお母さんも、不細工なんだろうね。

それなのに、幸せなんだろうね。

なんで？

ほんとにムカつくよ。

……ママ、やめて。殺しちゃったら、何にもならない。

だからね、できるだけ、多くの人に話してね。

そしたら、皆、門脇春子を憶《おぼ》えていられるでしょ。

ママが、強くなれるでしょ。

敏彦も、気付いてくれるでしょ。

4

視界はほぼ機能していない。

街灯のかたちすら見えない。建物もだ。何もないような闇の中で青臭いきつい香りが鼻《び》腔《くう》に充満している。

何故ここまで意識がはっきりしているのか、青山にも分からない。

あちこちから体をめちゃくちゃに揺らされているような不快感がある。

ごりごりごり
耳元で聞こえる。

ハルコさんだ。ハルコさんが来てしまった。恐らく今、青山の真後ろにいる。

一番の標的である敏彦を取り込み、彼女の気分を害したるみを始末して、青山のところに来たのだ。

ハルコさんの目的はなんなのだろう。

佐山祐樹——自分の息子にとり憑《つ》いて、女として幸せになりたい？　意味不明だ。それくらい強い力があるのなら、息子ではなく、本人の理想の男性にとり憑けばいい。小学生に噂を広めさせてから、なんて遠回しな方法を取る必要がないではないか。

ごりごりごり
吐息がかかるような位置にハルコさんがいる。

時間がない、とるみは言っていた。その通りだ。もう間もなく、青山は為《な》すすべなく黒い靄《もや》のようなものに吸収されてしまうだろう。

ママ、ごめんなさい、と繰り返し謝るるみの、ひどく頼りない姿が浮かぶ。幼い少女のように、目に涙を一杯溜《た》めて、青山に縋《すが》りついてきた。

るみはあのあと、「夢は見ましたか」と聞いてきた。そして、「未《いま》だに母を求めている私」「母に支配されている可哀想な子供」と——

「ああ！」

青山は思わず声を上げた。

そうだ、恐らく、るみはハルコさんの夢を見たのだ。そうでなければ「夢は見ましたか」などと聞く必要がない。あの夢は本来、子供にしか伝染《うつ》らないのだから。

夢の中で、るみはハルコさんの姿を見たのだ。ハルコさんだけではない、ハルコさんに支配されているという、佐山祐樹の姿を。

るみはもしかして、佐山祐樹に同情しているのではないだろうか。同じような生い立ちであるかどうか、青山は知らないが。だから、いつもの調子が出ない。

ごりごりごり

相変わらず音は聞こえる。鼓膜が震えているのが分かるほどの音量だ。肩もひどく痛んだ。すこしシャツが濡《ぬ》れている感じがする。血が出ているのかもしれない。

それでも、ハルコさんは青山を襲ってこない。

夕方、遊具に侵入してこようとした時も、結局は何も起こっていない。

理由は一つしか思い浮かばない。

敏彦やるみになく、青山にあるもの。

物部の「お守り」だ。

青山は拳を何度も開いたり閉じたりする。こうすると、手先が温まり、よく動くようになるのだ。そして、息を大きく吸い込んだ。

ゴボゴボと、痰《たん》が絡んだような嫌な音がして、しばらく咳《せ》き込む。しかし、大丈夫だった。

思い込みだ。地面が揺れているのも、黒い靄が世界を覆いつくしたように見えるのも。

足に力を入れると、すんなりと立ち上がることができる。やはり地面は揺れてなどいないのだ。

落ち着いて目を凝らすと、うっすらと人が立っているのが見えた。

華奢《きゃしゃ》で小柄な男性だ。白いワイシャツに、ベージュのチノパンを合わせている。

これが佐山祐樹本人なのだろう。

「ママ」

口からうわごとのように言葉が漏れている。

「ママ」

るみの悲しい声を思い出す。

彼はるみと同じように、落ち着きなく眼球を動かしている。

くりくりとした、大きな目。鼻も口も小づくりで、中性的な顔立ちだ。でも、彼は男性だ。

夢であろうと現実であろうとやることは同じだ、と物部は言った。

ミキが創った七不思議。漫画を参考にしたと言っていた。青山もそのエピソードは読んだことがある。詳細な舞台設定と、厳格なルール。

夢を終わらせるためのルールがある。本来、ありえない、想定されていないものだ。

この夢は、ハルコさんという呪いをどこまでも強大にするための装置なのだから。

青山の中で、確信に近いものが生まれていた。終わらせなくてはいけない。

「男の子を見付けました」

歯ぎしりの音がぴたりと止んだ。

「男の子を、見付けました」

もう一度、はっきりと言う。

「ママ」

佐山祐樹が虚《うつ》ろな目で、しかし目線は青山の方へ向けている。

きちんと言葉は聞こえている。だから、話し続けた。

「佐山祐樹さん、あなたは、男の子ですよ」

「ママ」

「ミキさんにあなたが話したこと、多分本心でしょう。でも、おかしいんです。もしハルコさんが自分の思う通りの輝かしい人生を送りたかったとして……子供のあなたが女として幸せになることがなんの慰めになるんでしょうか」

「ママ」

「門脇春子さん……あなたのお母さまは、生前、奔放な方だったようですね。はっきり言って、かなり自分本位だ。そんな人が、子供が幸せになるだけで満足するでしょうか。あなたに女の恰好を強要していたのも、男性が嫌いだから……あなたに、自分の分身になってほしかったわけではなさそうですが」

「うるさい」

佐山祐樹が青山に向かって口を開いた。静かな声だが、怒りを孕《はら》んでいる。

「お前に、何が分かるの」

佐山の足が駆けだそうとしているのが見える。

「分かりますよ」

耳が痛くなるような静けさだった。やはり、ハルコさんは。

「ハルコさんは、あなたの妄想だ」

佐山の目が大きく見開かれた。

「妄想じゃない！　ママ、ここにいる！」

佐山は自分の左隣を指さした。

「いないものは、見えません」

どさり、と大きなものが落ちたような音がした。

音のする方向に目を向けると、敏彦とるみが折り重なるようにして倒れている。

「ママ、いるもん！　私と、いつも、一緒に！」

「いません。もう死んでいる。死んでなお、あなたと一緒にいる理由がない」

「ママ、怒ってる……怒ってるから、私が、男だって……言っちゃったから、私が」

佐山の目から大粒の涙が零《こぼ》れている。

「ママ、私が、殺した」

「違います」

青山はきっぱりと言った。

「門脇春子さんは、夜押し入ってきた男に殺されたんです。あなたは、彼女が死んだことに関係がない」

父の送ってきたメールには、はっきりと書いてあった。佐山春子、暴漢に襲われて死亡。当時祐樹は八歳だった。

恐らく、彼が母親の死体を眺めていたという記憶は本物だ。しかし、幼い脳味噌《のうみそ》は、ショックで混乱したのだろう。彼が母親の要望に逆らったから母親が自殺した、というのは、彼の思い込みに過ぎない。

ごほごほと咳き込む音がした。るみがふらつきながら立ち上がっている。敏彦も目を覚ましたようで、薄目を開けていた。

「七不思議の話、聞きました。ほとんどは子供の創作です。でも、一つだけ、創作と思えないところがある。『男の子を探してください』という台詞《せりふ》だ。太郎君を探してください、じゃないんだ。あれは、あなたから出てきた言葉なんですよね？」

ミキが漫画を参考にして作った「イジメ殺された太郎君を探す哀れな母親の話」の不自然な点だ。

「あなたはずっと、男の子――つまり、あなたが男性であるというアイデンティティを探していたんじゃないですか」

視界の端で、るみが片手を目一杯伸ばしている。何をしようとしているのか分かる。あれは、普段、怪異に対処するときの仕草だ。

「違う！」

佐山の目は血走っている。気付くと彼はもう青山の目の前に来ていた。

「違う、違う、違う！　私が、ママを！」

「あなたは、お母さまに抗《あらが》っていたんですね。お母さまの言うように振舞って、お母さまの理想の女の子になることで――それでもなれないことで、お母さまに『あなたとは違う』と見せつけたかった」

「分かったような口利かないで！」

首に手が絡みついた。佐山が力を込めて、青山の首を絞め上げている。しかし、あまりにも弱い力だった。

「歪《ゆが》んだ母子関係の結末は二種類なんです。一つは、母親の言ったこと全てに反抗すること。でも、それだと、結局は支配されているのと同じです。言ったことに振り回されているという点では変わらない。もう一つは、あなたのように、同化すること。完全に同化しようとして、それでも最後に残ったわずかな違いを、アイデンティティとして実感すること」

青山は佐山の手首を握って、優しく首から引き離した。

「男の子を、見付けましたよ」

ごりごりごり、と聞こえた。

また眩暈《めまい》がする。

引き離した手が、再び強い力で押し戻される。

眩暈がする。

脳から急速に酸素が失われていく。

「今更、戻れない」

佐山は低い声で言った。

もう彼の顔が見えない。べったりと、お面のように、門脇春子の顔が張り付いていた。

ごりごりごり
歯ぎしりの音がするのに、門脇春子は笑っていた。口角が綺麗《きれい》に上がった、美しい笑顔だった。

「わたし、敏彦に、幸せに、して、もらうの、それで、そしたら、ママに」

目が霞《かす》む。口が酸素を求めて何度も閉じたり開いたりする。

るみを呼びそうになって、青山は目を瞑《つぶ》った。

助けてください、とは言えない。

皆苦しんでいるのに、助けてください、などとは――

「幸せにはできないけど」

掠《かす》れた声が聞こえた。

「一緒に幸せを探すことはできると思う」

敏彦が弱々しく、佐山の腕を摑《つか》んでいた。

「佐山君の考え方、全然分かんないよ」

腕の力が弱まり、青山は地面に投げ出される。急激に酸素を吸い込んだ喉《のど》は激しく痛み、頭の血が一気に引いて吐きそうになった。

「俺はきっと、母親が目の前で恨み言を言ってから死んだとしても、何とも思わない。葬式をして、そのあとは、たまに優しくしてくれたことを思い出すかもしれない。その程度だ。俺は薄情な奴なんだ。人の心とか、情とか、いまいち分からない」

「そんな……だって……やさしかった」

「それはさ、佐山君の真似をしてただけだよ」

敏彦は佐山の腕を握ったまま、

「君を見てると、こうするのが普通に『感じがよく』て、『優しい』人なんだなということが、学べたよ。佐山君みたいな普通の人間になりたいと思ってた」

敏彦は軽く笑った。

「でも、別に普通の人じゃなかったね」

敏彦の笑顔は怯《ひる》むほど美しかった。

「指輪って、なんのこと?」

なんでもない、普通の雑談をするように敏彦は尋ねる。未《いま》だにごりごりごり、と歯ぎしりの音が聞こえる。しかし、青山はもう恐怖心は感じなかった。

「もしかして、夏、ラクーアに行った時の? あれ、玄関で配ってたんだよ。ピカピカ光る、中にライトが入ってるゴムのやつ。沢山もらったけど、春川先生とかにあげたらそんなものでも勘違いしそうだから……まあ、佐山君も勘違いしたってことかな」

「わ、わたし、かんちがい、なんか」

「勘違いだよ。俺、誰のことも好きじゃない。異常な人間なんだ。でも、なんだろうね、佐山君に好かれてるの、悪い気分じゃないよ」

佐山は陸《おか》に上がった魚のように口をぱくぱくとさせている。

「佐山君に憧《あこが》れてたからかな。ちょうどいいんじゃないかな。俺は、君から引き続き『普通っぽさ』を学びたいし、君は俺のことが好き。結婚したい。実は君は普通の人間じゃないし、俺は君のことを好きにならない。でも、どっちも不快じゃないなら、問題はないよね」

敏彦という男は、本当に異常な人間なのかもしれない、と青山は思った。

あんなに苦しめられて、問題はない、と言い切っている。

彼の瞳《ひとみ》はいつもどおり星のようにきらきらと輝いていた。嘘がないのだ。佐山を宥《なだ》めすかして懐柔しようだとか、そういった意図が一切感じられない。

佐山も明らかに戸惑っているようだった。

視線をあちらこちらに彷徨《さまよ》わせて、なにか決心したかのように口を開きかけた。

その瞬間、バチン、とブレーカーが落ちたような音がした。気が付くと、佐山が跪《ひざまず》くような体勢になっている。どうやら、意識を失っているようだ。

「やっとできた」

るみの声だった。

何ができたのかは分からない。分かるのは、街灯がふたたび灯《とも》っていることだけだ。

ずっと青白かったるみの頬がわずかに赤みを取り戻しているように見える。青山にとってはそれだけで満足だった。

「それで、敏彦殿」

敏彦は未《いま》だ佐山の腕を握ったままだった。

「どうします？」

「どうもしないよ」

敏彦は動かなくなった佐山の腕をぶらぶらと左右に揺らした。

「面白いことが増えただけ」

終章　見えなかった

1

「結婚するんだ、来月」

翠がそう言ったのは、いつもの個室居酒屋だった。

鈴の鳴るような可愛らしい声が弾んでいる。喜びを隠せていない。

「おめでとうございます」

敏彦は大仰に頭を下げた。

「でも、どうして職場で言わないんですか?」

翠は少し声を落として、

「だって、めんどくさい人がいるじゃない、大谷さんとか……」

「はは、たしかに」

大谷は以前、配偶者のことを「主人」と呼んだ女性に「あなた奴隷なの? 主人と呼ぶのは奴隷だけよ」などと言って詰め寄ったことがある。全ての男女関係には何かしらの暴力性と権力勾配《こうばい》が存在していて、それに抗《あらが》わない人間のことは許せない、というのが大谷の主張だ。結婚の報告などを聞いたら何を言うか分かったものではない。

「ねえ、片山君」

翠はじっと敏彦を見つめた。

「私のこと、鬱陶《うっとう》しいと思ってたよね」

はっきり聞かれると困ってしまう。敏彦が何と答えようか迷っていると、

「そりゃあ、無理もないよね。私、本当に片山君の顔、好きで好きで、しょうがないから」

「顔」

「そう、顔。最高」

翠はレモンサワーを一気に飲み干した。

「この際だから言っちゃうけど、私、アイドルオタクだったの。男性のね。なんで過去形かって言うと、片山君が現れたから。本当にあなたの顔って、最高。ずっと見ていたいもん。実際、ずっと見たくて、ことあるごとに話しかけたり、暇さえあればチラチラ見たりしてたから、気持ち悪かったと思う。ごめんなさい！」

敏彦はしばらく呆気《あっけ》に取られて頭を下げる翠を見つめた。

今までの翠の言動を思い出す。

敏彦と話すとき、彼女はいつも蕩《とろ》けたような目をしていた。何かと言うと親切だった。てっきり恋愛感情があるものだと決めつけていたが。

「なんていうか……オタク風の言葉で言うと、私は『敏彦担』ってやつなの、ガチ恋勢じゃなくて。あなたは、推しなのよ」

「〇〇担」の「担」は担当という意味で、アイドルの〇〇の応援を担当しているということを表現している。ガチ恋勢とは、アイドルと本気で付き合ったり結婚したりしたいと思っている人たち、推しというのは最も応援したい対象を指す。

つまり簡単に言えば、翠は敏彦のことを手の届かないアイドルのように応援していて、決して恋愛に発展させようとは思っていなかったということだ。

「なるほど、勘違いをしてたのは俺もか」

そう呟《つぶや》くと、翠が「なんか言った？」と尋ねてくる。何も言っていない、と答えて、敏彦もウーロンハイを一気に飲んだ。

頰が熱を持っているのはいつもは飲まない酒のせいだけではない。単純に、自分の勘違いが恥ずかしかった。

翠のことをストーカーかもしれないと疑い、必要以上に冷たい態度を取ってしまったことへの後悔が押し寄せてくる。一人の生徒のことばかり気にかけるのはおかしい――彼女は正しいことしか言っていなかった。

その中村美鈴は、結局松野塾を退塾した。

牛島宏奈曰《いわ》く、現在は学校に復帰したものの、相変わらず勉強はそっちのけで、様々な男性と遊んでいるらしい。例の家庭教師と別れた、という報告はほんの少し嬉《うれ》しかったが。

「こちらこそ、すみません」

様々な意味を持たせた「すみません」が敏彦の口から零《こぼ》れた。

「いや、本当に、冷たくされて当然だから！」

しばらく二人で謝罪し合った後、敏彦は尋ねた。

「ご主人、どういう人なんですか、写真が見たいな」

「あ、もしかして、自分みたいにかっこいい人だと思った？」

翠はスマートフォンの写真ファイルを開いて敏彦に見せた。

恰幅《かっぷく》の良い、いかにも人の好《よ》さそうな男性が笑みを浮かべている。

「くまのプーさんみたいでしょ」

「ええ、かわいらしい方ですね」

「そうでしょ」

翠は声を上げて笑った。

「すごく力持ちでね、母にもすごく親切なの。うちの母は車椅子なんだけど……すごく美味《おい》しいけどエレベーターがないレストランに連れて行ってくれて、三階まで車椅子ごと運んでくれたのよ。何があっても大丈夫です、って言ってくれて。本当に、いい人なの」

「素敵な人ですね」

敏彦は本心から同意した。

翠のようなしっかりしていて立派な人は、同じようなしっかりしていて立派な人と出会う運命にあるのだろう。運命などと言うと、佐々木るみに冷ややかな目で見られそうだが。

「ところで、片山君にはいい人、いないの？　私、もし良かったら」

「いないですね、正直、必要ないです」

紹介するよ、という翠の提案を遮って敏彦は言う。

「ごめん、お節介っていうか、必要あるわけないよね。本当に掃いて捨てるほど寄って来そうだもんね……いやどうだろう、片山君に直接アプローチする人って、よっぽど自分に自信がある人かも」

翠の言葉に軽く相槌《あいづち》を打ちながら、敏彦は佐山祐樹のことを考えた。

佐山は、あのあと松野塾を辞めた。

松野塾の職員は全体的に社会不適合者で、あまり人を思いやったりするようなタイプが多いとは思えなかったが、やはり佐山は特別に好かれていたようだった。大規模な送別会が開かれ、惜しまれながら去って行った。

彼は「父親の会社を手伝わなくてはいけなくなった」と言っていたが、それは正確ではない。確かに、彼は実家に帰るし、次の就職先は彼の父親が経営する会社だが。

本当の理由は、佐山に直接伝えられた。

「一緒に働いていると、殺したくなるんです。あなたのこと見てる人、皆……もうバレちゃったから、隠せない」

確かにその方がいいだろうね、と敏彦は答えた。

正体が分かっている敏彦はもう怖くはないが、敏彦に少しでも好意を向けた途端、謎の力で美鈴や川原のような目に遭わされる他人は、迷惑でしかないだろう。

いくら人の心が分からない敏彦でも、そのような犠牲者が増えるのは避けたいところだった。

佐山は未《いま》だに母親の幻影に囚《とら》われているところがある。

るみは、彼のことを「相当力のある術者」と表現した。「もしかしたら無自覚に攻撃してしまっている」とも。結果的に、その予想は当たっていた。

「ハルコさん」は青山の言った通り、門脇春子、つまり彼の母親の亡霊などではなく、佐山自身が作り出したものだ。彼の感じた抑圧があのような化け物になっているのだ。

佐山自身、指摘されるまで全く気付いていなかった。

「どうしようもないんです」

佐山は悲しそうな顔をして言った。

「僕の人生は、いつも根っこのところに母親がいるんです。一番嫌悪しているのも、一番愛しているのも、母なんです。あの人たちに、お母さんなんていない、あなたが作り出している妄想だ、って言われても、本当にそうだと分かっていても、いるんです」

るみは確か、「片山さんとアレとのアクセスは切りました」と言っていた。詳しいことは分からないが、自己流に解釈するとしたら、敏彦にべったりと張り付いていた呪いは解除されたということなのだろう。

呪いがなくなったとしても、術者に返らないとは、呪詛《じゅそ》返しのセオリーを無視した結果だ。

「俺のことはどうでもよくなった？」

そう聞くと、佐山は手に持っていたスマートフォンを取り落とした。拾い上げあげようとして、また落とす。佐山は目が大きいので、眼球の運動から動揺が手に取るように分かって面白い。

「どうでもよくなってるわけ、ないでしょ」

佐山は声を震わせて言った。

「片山先生のこととどうでもいいと思ってる人なんてどこにもいませんよ」

三好にも似たようなことを言われたことを思い出す。三好は勝手な男だったし、趣味を馬鹿にされたのも許せない。しかし、結局彼にはずっと助けられていた。彼から受けた恩に比べれば、敏彦が感じたショックなど些細《ささい》なことのように思える。

それに、敏彦の言動に一喜一憂する様子は、今の佐山と同じで、かわいらしく、面白かった。

「そうか、どうでもよくないのか。じゃあ、続行だね」

「続行？　なんですか？」

「だから、俺は君から普通っぽさを学ぶ。君は俺のことが好き。そういう間柄の続行」

佐山が素《す》っ頓狂《とんきょう》な声を上げた。

「り、理解できない！　さっき言ったでしょ？　私、敏彦のこと見てるとおかしくなるんだよ？」

佐山の右手が、もう一方の手と強く結ばれている。ごりごりごり、と微《かす》かに聞こえた気がした。

佐山はハッとしたように顔を上げて、また俯《うつむ》く。

「ほら、これです。今だって、おかしい」

やはり、佐山は面白かった。

敏彦がオカルトやらホラーが好きなのも、面白いからだ。理解の及ばないことは、興味深くて、恐ろしくて、そこが面白い。

佐山の中には佐山本人と、佐山の想像する母親と、母親に望まれた理想の女の子がまぜこぜに同居している。

佐々木るみが、彼女の謎の力で佐山本人だけを残して消したりしなくて本当に良かった。こんなに面白くて魅力的なものはない。

「俺と暮らさない？」

「はあ?!」

「君が拒否したら、多分俺は君のことを付け回すだろうね。この間と逆だね」

佐山はふたたび、理解ができない、と大声で言った。

「普通っぽさを学ぶ」などとはただの方便だ。佐山は明らかに普通ではない。今回のことで佐山は自分の普通ではない能力に気付き、以前より苦悩してさえいる。

青山だったら、ゆっくりと時間をかけて佐山の心をケアするだろう。あのとき敏彦が口を挟まなければ、そういう未来もあり得た。そうなっていれば、いつか、彼は母親の呪縛から解き放たれ、彼本来の優しい性格のまま幸せな人生を送ることができたかもしれない。

物部だったら、あの尋常ではない力を使って、問答無用で佐山の人格を統合するかもしれない。やり方は乱暴でも、やはり佐山は幸せになれるだろう。

佐山は不運だった。敏彦のような異常者が興味を持ってしまったのだから。

どこまでも、自分の興味を優先し、面白いかどうかで生きているのだ。敏彦はようやっと、自分の異常性を受け入れ、諦《あきら》められそうな気がしている。

普通への憧《あこが》れはある。興味のない人間に好意を寄せられたら迷惑だ。

だが、そんなことは面白さの二の次だ。

結局同居には至らなかったものの、敏彦は週に三回、佐山と会っている。

佐山は会うたびに敏彦への執着が強くなっているような気がする。この間は、敏彦に挨拶《あいさつ》をした自分の父親の後ろ姿を、刺すような目で睨《にら》んでいた。歯ぎしりの音が心地よかった。

翠と飲んできた、と言ったらまたあのごりごりごり、が聞けるかもしれない。敏彦はそれを想像すると、愉快な気持ちになる。

『いつかひどいことになりますよ』

青山の呆《あき》れ顔が浮かんでくるようだ。

しかし、面白いものは仕方がない。

2

今日でちょうど、七日目だ。

七菜香が初めてハルコさんの夢を見てから、随分目まぐるしく事態が変わったような気がする。

勿論《もちろん》、もうハルコさんが七菜香の夢に出てくることはない。そもそも、ハルコさんなどという存在は、いなかったのだから。

教会での仕事を終え、事務所に向かう。今日は、心霊スポットを車で通ってから、家に幽霊が出るようになったと訴える男性が訪問してくるのだという。

扉を開けてすぐ、大いびきが聞こえた。

るみが、ソファーに大の字になって眠りこけている。ソファーの周りには、スナック菓子の滓《かす》やら、アイスクリームの容器が散乱している。テレビも点けっぱなしだ。

青山は溜息《ためいき》を吐きながら、るみの向かいに腰かけた。

ポケットからブレスレットを取り出し、寝ているるみの腕に通す。

「専門家のお姉さんにありがとうございますって伝えて下さい」

二日前、こども英語クラスのあとに、もうハルコさんは消えた、と伝えると、七菜香は頭を下げてブレスレットを返してきた。

「これ、多分七菜香ちゃんにあげたような感じだと思うし、念のため、七日目まで持ってた方が」

「いいの」

七菜香はきっぱりと言った。

「お姉さんはお母さんにもらったものだって言ってました。お母さんからもらったものって、すごく大事で、特別だと思う。だから、返さなきゃ」

確かに青山も、中学生の時母親が編んでくれたひどいデザインのセーターを今でも捨てられず取ってある。

七菜香は何度もお礼を言って帰って行った。

本当に、拍子抜けするほどあっさりと、この事件は幕を下ろしたのだ。

むしろ掃除の方が大仕事だ、と思いながら、青山はるみの散乱させたゴミを片付ける。季節的にも害虫が活発になるというのに、るみはそういったことは一切考えない。

「そうしていると本当にママって感じですね」

振り向くと、るみが寝転んだまま青山を見ている。

「散らかしたら片付けるのは母親というより人として当然なんですけど。っていうか、まだその話するんですか」

ママって呼んでもいいですよ、などという意味の分からない台詞《せりふ》を吐いてしまったことは、今思い出しても恥ずかしくて顔が熱くなる。

あの時は、とにかく落ち込んでいるるみに元気になってほしくて必死だったのだ。

「冗談冗談、ちょっと本当、やっぱり冗談」

るみは歌うように言った。もしかしてこれからしばらくこのネタでいじられるのかもしれないが、るみがいつも通りの調子になったことは嬉《うれ》しかった。

「それにしても、今回はほぼ、あなたの功績ですね」

るみは上半身を起こして、ソファーの上に胡坐《あぐら》をかいた。

「子供に聞き取り調査をして、お祓《はら》いもして……極めつけはあの言葉。本当に、頭が上がりません」

「いつもお茶汲《く》みくらいしかできないので評価していただけて嬉しいんですけど、言葉って？」

「ほら、言ったじゃないですか、『歪《ゆが》んだ母子関係の結末は』ってやつです。あれは本当にすごかった。まず、そこに至るまでの推理力もすごい。私はてっきり、母親の霊が佐山さんにとり憑《つ》いているのだと思い込んでいましたから、その準備ばかりしていて」

「ああ、あれはですね、心理学の本に書いてあったことを引用しました」

以前、教会に、摂食障害の女性が悩みを相談しに来たことがあるのだ。カウンセリングに当たっていたのは父だが、青山はその女性がずっと心配だった。彼女は病的な「痩《や》せ」信仰にとり憑かれていたが、根本的な悩みは母親との関係にあった。摂食障害に陥る女性は、母子関係に悩みを抱えている確率が高いのだという。

そこから興味を持って、一時期母子関係の書籍を読み漁《あさ》っていたことがある。

本当にたまたま、今回はその読書体験が活《い》かされたということになる。

「推理——というほど大層なものではありませんが、あれも、僕は物部さんのお守りが効いていたから、先輩より冷静にものを考える時間があったというだけです。それに、結局、敏彦さんが解決した、に近くないですか？」

実際、青山はある程度まで佐山のことを理解していたと思う。

彼は母親を自分が殺したと思い込み、その罪悪感からいもしない母親の幻想を見ていた。そして幸か不幸か、彼はるみや物部のように、強い意志の力を持っていた。彼は幻想を現実にすることに成功してしまったのだ。

しかし、それを言い当てたところで、彼の心はどうにもならなかった。

きっと、敏彦が割って入らなければ、青山は佐山に絞殺されていたことだろう。

逆に敏彦は、佐山のことをひとつも理解しなかった。あまつさえ、本人の前で「全然分からない」と堂々と言っていた。

敏彦の自分勝手で、お気楽とも取れる言葉で、佐山はぴたりと攻撃をやめたのだ。

「なんだか、別に佐山さんを救いたいとか、偉そうなことを言う気はないんですが、正直拍子抜けと言うか」

「そんなもんですよ」

るみは丸めたチリ紙をゴミ箱に放り投げて言った。

「どんなに沢山正しいことを言ったところで、大好きな人からの一言には勝てないんですよ。『好かない男が山ほどの砂糖を運んできても、好いた男の塩の方が甘い』ってね。乙羽信子の受け売りですが」

「そうかもしれませんね」

敏彦はあのあと、ぼうっとした様子の佐山を連れて帰って行った。迷惑行為の一切を不問にすると言って。

敏彦は気持ちの悪いストーキングに悩まされ、心底弱っていたはずなのに、青山は全く信じられない気持ちで彼を見つめた。

佐山の腕を引いて帰っていく敏彦は、柔らかく微笑んでいた。

その笑顔があまりにも美しく、青山は何も言うことができなかった。

「あの人は、悪魔みたいなものだから」

るみが呟《つぶや》いた。

キリスト教的文化が常に身近にあった青山からすると、人を悪魔に喩《たと》えるのはなかなかひどい悪口だ。しかし、今回ばかりは少し首肯できる。佐山の様子は、悪魔に誘惑されたようにしか見えなかった。

「まあ、先輩の調子が戻って本当に良かったです。心配していたから」

るみは自嘲《じちょう》気味に鼻を鳴らして、

「私、本当にダメですね、肝心な時に」

そう言ってがさがさとポーチを漁り、棒付きキャンディを取り出した。

「こういうときにタバコが吸いたくなる。でも、青山君に悪いし、吸いません」

るみは少しの間飴《あめ》を舐《な》めていたが、すぐにかみ砕いて棒だけをゴミ箱に投げ捨てた。

「私が、あのとき、何をしようとしていたかというとね」

るみは片手を肩の位置まで上げた。

「いつも、こうやって、何をしているかと、いうと」

声が可哀想なくらい震えていた。

「大丈夫です」

青山はるみの手を握って、ゆっくりと下ろした。

「大丈夫ですから」

るみの呼吸音が耳に響く。

るみは、あの日、佐山に向かって片手を上げ、右に払うような仕草をしていた。あの日だけではない。事件を解決しに行くときは、毎回。

彼女にとっては何か大切な仕草なのだろう。

例えば、島本笑美の事件で出会ったるみや物部と同じような強い力を持った少年は、指を三本立てて、口の前に当てていた。あれは、父と子と聖霊、三位一体を示していたのだと思う。彼は、歪んだ形で解釈したキリスト教系の新興宗教の教祖だったから。

るみのポーズが何を意味するものなのかは分からない。

彼女が言いづらそうにしているのは、彼女が母親という言葉に対して見せる仄暗《ほのぐら》い反応と関係があるかもしれない。

青山は、るみと一緒に歩きたいと思っている。そのためには彼女のことをすべて理解し、助けることのできる人間にならなくてはいけない。

「話したい時に話してくれたら大丈夫です」

だからといって急がなくてもいいのだ。

「僕、待ってますから」

そう言うと、るみの顔にほんの少しだけ笑みが戻った。

るみのことを、知識が深く、豪胆で、なんでも一人でできる完璧《かんぺき》な人間だと思っていた。しかし、実際は、このように弱い部分もある。

ほんの少しだけるみの底にあるものを見ることができた気がして、青山は満足感と共にるみの目を覗《のぞ》き込んだ。るみは驚いたような顔をしたあと、ぷいと顔を背ける。

すう、大きな深呼吸。

青山の方へ向き直る。

るみの顔には、いつもの人を食ったような笑みが戻っていた。

「さあ、もうすぐお客様が来ますからね。青山君、最高に美味《おい》しい珈琲《コーヒー》をよろしくお願いしますよ」

おどけた調子でそう言って、青山の肩を強く叩《たた》く。アスファルトに倒れこんだときのケガがまだ治っていないのに。でもそれでいい。るみは一切そういうことには配慮しない女なのだ。

るみは自作の鼻歌を歌いながら、また新しいお菓子の包みを開けようとしている。

食べすぎですよ、と注意しようとして、胸ポケットが振動していることに気が付いた。

スマートフォンを取り出して見ると、画面には『祥子』と表示されていた。

「もしもしお姉ちゃん、申し訳ないけどもうすぐ依頼人が来るから、用事なら」

『ニュース見て』

祥子は青山の言葉を最後まで聞かずに短く言った。声が震えている。

「ええと……」

『早く見てッ』

慌てて祥子の言う通りのチャンネルに合わせる。

画面に見覚えのある景色が映っている。

白い外壁のマンションの向こうには、教会が立っている。

——逮捕されたのは、母親の——

ニュースの音声が遠くに聞こえる。

スマートフォンが床に落ちた。

画面に映る文字を信じたくなかった。それでもいつまでも、テロップが出ている。

横沢七菜香ちゃん（10）　虐待死　母親逮捕
喉《のど》の奥から呻《うめ》き声が漏れる。目の奥がひどく痛んだ。血管が切れて血が噴き出しているのかと思ったが、床には透明の水溜《みずたま》りができているだけだ。いっそのこと、本当に眼球が破裂してしまえばいいと思った。

——その子は、印が付いとるけん、見落としたりなや
こんな眼球はいらない。

こんな何も見えないものはいらない。

なぜ、ハルコさんなんていう、いもしないもののことばかり考えてしまったのだろう。

どうして、本当に大切な印に気が付かなかったのだろう。

七菜香は両親の話をするとき、顔が曇っていなかったか？

バザーのとき、笑顔で話す両親を、張り詰めた表情で見ていなかったか？

暑い季節に長袖《ながそで》ではなかったか？

祝福しようと頭に手をかざすと体を強張《こわば》らせなかったか？

どうして、大人の信者の前で一言も話さなかったのか？

七菜香は、本当に、お行儀のよい、丁寧な子だったのか？

七菜香が無邪気に笑っていた光景ばかりが思い浮かぶ。青山をくすぐり、高い声ではしゃぐ、七菜香の笑顔。

何も見えていなかった。

誰のことも、何一つ見えていなかった。

主な参考文献

『「ストーカー」は何を考えているか』小早川明子（新潮社／二〇一四年）

『母は娘の人生を支配する　なぜ「母殺し」は難しいのか』斎藤環（日本放送出版協会／二〇〇八年）

『ストーカーとの七〇〇日戦争』内澤旬子（文藝春秋／二〇一九年）

『うわさとは何か：ネットで変容する「最も古いメディア」』松田美佐（中央公論新社／二〇一四年）

『地獄先生ぬ～べ～』原作：真倉翔／漫画：岡野剛（集英社／二〇〇六年）

『聖書　新共同訳』共同訳聖書実行委員会（日本聖書協会／一九八八年）

『The Message: The Bible in Contemporary Language』Eugene H. Peterson（Navpress Pub Group）

本書は角川ホラー文庫のための書き下ろしです。
また、本書はフィクションであり、実在の人物や団体、地域とは一切関係ありません。

漆黒《しつこく》の慕情《ぼじよう》

芦花公園《ろかこうえん》

角川ホラー文庫　23065

令和４年２月25日　初版発行
令和４年11月20日　再版発行

発行者———堀内大示
発　行———株式会社KADOKAWA
〒102-8177　東京都千代田区富士見2-13-3
電話 0570-002-301（ナビダイヤル）
印刷所———株式会社KADOKAWA
製本所———株式会社KADOKAWA
装幀者———田島照久

●お問い合わせ
https://www.kadokawa.co.jp/ （「お問い合わせ」へお進みください）
※内容によっては、お答えできない場合があります。
※サポートは日本国内のみとさせていただきます。
※Japanese text only

◆◇◇

ISBN978-4-04-111985-3　C0193
JASRAC 出 2200413-202

角川文庫発刊に際して

角　川　源　義

第二次世界大戦の敗北は、軍事力の敗北であった以上に、私たちの若い文化力の敗退であった。私たちの文化が戦争に対して如何に無力であり、単なるあだ花に過ぎなかったかを、私たちは身を以て体験し痛感した。西洋近代文化の摂取にとって、明治以後八十年の歳月は決して短かすぎたとは言えない。にもかかわらず、近代文化の伝統を確立し、自由な批判と柔軟な良識に富む文化層として自らを形成することに私たちは失敗して来た。そしてこれは、各層への文化の普及滲透を任務とする出版人の責任でもあった。

一九四五年以来、私たちは再び振出しに戻り、第一歩から踏み出すことを余儀なくされた。これは大きな不幸ではあるが、反面、これまでの混沌・未熟・歪曲の中にあった我が国の文化に秩序と確たる基礎を齎らすためには絶好の機会でもある。角川書店は、このような祖国の文化的危機にあたり、微力をも顧みず再建の礎石たるべき抱負と決意とをもって出発したが、ここに創立以来の念願を果すべく角川文庫を発刊する。これまで刊行されたあらゆる全集叢書文庫類の長所と短所とを検討し、古今東西の不朽の典籍を、良心的編集のもとに、廉価に、そして書架にふさわしい美本として、多くのひとびとに提供しようとする。しかし私たちは徒らに百科全書的な知識のジレッタントを作ることを目的とせず、あくまで祖国の文化に秩序と再建への道を示し、この文庫を角川書店の栄ある事業として、今後永久に継続発展せしめ、学芸と教養との殿堂として大成せんことを期したい。多くの読書子の愛情ある忠言と支持とによって、この希望と抱負とを完遂せしめられんことを願う。

一九四九年五月三日

異端の祝祭

芦花公園

一気読み必至の民俗学カルトホラー！

冴えない就職浪人生・島本笑美。失敗の原因は分かっている。彼女は生きている人間とそうでないものの区別がつかないのだ。ある日、笑美は何故か大手企業・モリヤ食品の青年社長に気に入られ内定を得る。だが研修で見たのは「ケエエコオオ」と奇声を上げ這い回る人々だった——。一方、笑美の様子を心配した兄は心霊案件を請け負う佐々木事務所を訪れ……。ページを開いた瞬間、貴方はもう「取り込まれて」いる。民俗学カルトホラー！

角川ホラー文庫

ISBN 978-4-04-111230-4

ISBN 978-4-04-111517-6

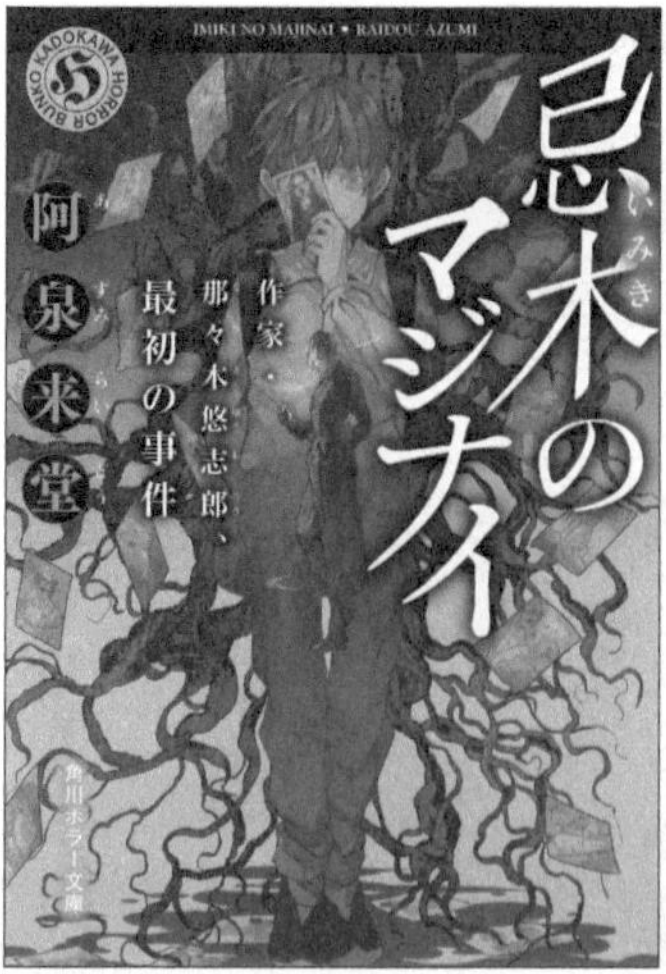

忌木《いみき》のマジナイ

作家・那々木悠志郎、最初の事件

阿泉来堂

神出鬼没のホラー作家・那々木の原点!

那々木悠志郎《ななきゆうしろう》の担当編集となった久瀬古都美《くぜことみ》は、彼の怪異初体験を題材にした未発表原稿を読むことに。それは小学6年生の篠宮悟《しのみやさとる》が、学校で噂の“崩れ顔の女”を呼び出してしまい、“呪いの木(忌木)の怪異”を調べる那々木悠志郎と共に怪異の真相に迫る物語だった。ところが原稿を読み進めるうちに古都美の前にも崩れ顔の女が現れ……。異端のホラー作家・那々木悠志郎の原点が描かれるシリーズ第3弾！　驚愕のラスト！

角川ホラー文庫

ISBN 978-4-04-111991-4